JN043798

Yu Tajiri

タジリユウ

ill.

宇田川みぅ

ダルガ
鍛冶工房の元親方。
ドワーフの中でもかなり腕は立つが、
酒に目がない。
ソニア
毒舌だけど甘党な
ダークエルフ。
何やら今の生活に
不満があるようで……
ユウスケ
神様の手違いで死に、
異世界に転生した本作の主人公。
結界を張るスキルと、
元の世界の物を取り寄せる
スキルを持つ。
サリア
エルフの村に住む少女。
魔法が不得意なせいで、
自分に自信が持てない。

CHARAC
オブリ
エルフの村の村長。
魔法の腕前は
化け物級!?
ザール
商業ギルドの職員。
ジルベールを
裏から支えるしっかり者。
ジルベール
商業ギルドのギルドマスター。
見た目は子供、
中身はおっさん。

第零話　少し未来の話　～女冒険者、キャンプ場へ行く～

「さて、明日は何をするかな」

私――ミリーがこの街を拠点にしてから半年。

少し前に冒険者ランクがDからCにまで上がって、ようやく日々の生活に余裕が出てきた。

今日も今日とて無事に依頼を熟し、いつもの店で軽く飲んでいると、同じ冒険者パーティの仲間である、エレナがやってきた。

「ミリー、明日は暇か？」

「ん？　別にすることもないから、この前欠けてしまったナイフを鍛冶屋に研ぎに出してから、食べ歩きでもしようと思っていたところだ」

「つまり暇なんだな。そしたらちょっと付き合えよ。この前、すっげ～いいところを見つけたんだ。本当は誰にも教えたくないんだが、特別にミリーにも教えてやるよ！」

「……いや、別に教えなくてもいいけどさ。アルトやフレットも誘うのか？」

アルトとフレットは、私とエレナとともにパーティを組んでいる冒険者の男たちだ。

思い返せば、パーティを組んだのは二年以上前。

それだけの期間大きな問題もなく上手くやってこられているのは、いいことだ。

私たちは一緒に冒険するだけでなく、プライベートで遊ぶこともしばしばだから、今回もそうかと思って聞いたのだが、エレナは首を横に振る。

「いや、たまには女二人で出掛けようぜ。それがさ、さっき言った『いい場所』ってのが本当に存在するのか信じられないくらい、すごいところでよ。夢じゃなかったって確かめる意味もあるんだが……四人で行って万一現実じゃなかったら、あれだろ？」

「……なんだそれ。妄言に付き合っている暇はないぞ。それじゃあ、私はもう帰るからな」

「だあ～、待ってくれ！　頼むよ、ちゃんと説明するから！」

それからエレナは一から説明を始めた。

私たちのパーティは、四人で依頼を熟す以外の時間は、自由に過ごしていいことになっている。

エレナはそんな自由時間を使って、ソロで依頼を受けていたらしい。

依頼自体は山の中で行う簡単な物で、Cランク冒険者である私たちどころか、駆け出しの冒険者でも受けられる内容だった。

「だけど」とエレナは続ける。

「依頼自体は問題なく終わったんだが、帰りの道がわからなくなっちまってな……でも散々山の中を彷徨いつつも、なんとか麓に降りた。でももうその頃には泥だらけで、腹もペコペコだった。そんな中で、あれを発見したんだ」

「あれ？」

「ああ、そこにいた者が言うには――キャンプ場という施設らしい」

◆　◇　◆

あのあと『キャンプ場』とやらについて更に詳しく話を聞いたが……エレナの言っていることはいまいち信憑性に欠ける。

心身ともにボロボロになったエレナが辿り着いたキャンプ場という店（？）は快適かつ安全で、大勢の人が集まっており、その誰しもが美味しい料理や酒を楽しんでいたのだという。

……いや、以前私もその山の麓に行ったことがあるが、何もない草原だったはずだ。

そもそもあのあたりには道どころか、近くに村だってない。

エレナが疲れきって眠ってしまい、夢を見ていたと言われたほうがよっぽど信じられる。

とはいえ、今日はどうせ暇だ。

加えて『キャンプ場があってもなくてもご飯を奢ってやる』と言われたら、ついていかない理由もない。

そんなわけで、私はエレナから話を聞いた翌日、彼女に連れられて件の山にいた。

とはいえ麓まで辿り着いたものの、そこには以前と同様、草原が広がるのみである。

「ここまで来たのはいいけど、どうやってそのキャンプ場とやらに行くんだ？」

「ちょっと待ってくれ。ええっと……あった！　あれだ！　木の枝に結んである布を道標にすればキャンプ場まで辿り着けるんだ」

エレナの指差す方向には、馬車がギリギリ通れるくらいの細い道があり、それに沿うようにして青い布が結びつけられた枝のついた木が何本か立っていた。

……これを頼りに進めば、目的地に辿り着く、ということか。

どうやら、エレナの夢だったという線は消えたらしい。

しかしそのキャンプ場とやらは、どうしてこんな場所にあるんだ？

どうせだったら、もっと街の近くに作ればいいのに。

そんな風に思いながら、細い道を進むと、すぐに幅の広い道に出た。

見ると、青い布が結びつけられた枝のついた木は、その道沿いにまだ何本も立っているようだ。

なんだ、すぐ近くにしっかりした道があるなら、あと少し頑張って切り開いて、誰もが気付けるようにしたほうがいいだろう。

で、看板でも置いておけば客がもっと来るのではないのか？

思わず首を捻ってしまった。


そのまましばらく歩き続け、ほんの少しだけ山を登ると、大きな広場に出た。

今目の前には、木でできた高い柵がある。

柵を隔てた向こう側には、同じく木でできた大きな建物が建っている。

「な、なんだあれは!?　こんな場所に、ここまで大きな施設があったなんて……」

建物を見上げながら驚く私に、エレナは少し得意げに言う。

「やっぱり夢じゃなかったんだな。しかもあの建物の中は、夜になっても真っ暗にはならないんだぜ。どういう仕組みかはわからないけどな。そして、そのお陰で俺は日が落ちてからでもここを見つけられたってわけだ」

しかし、なんでこんな大きな施設があるのに、街で噂になっていないんだ？

そんな風に不思議に思っていると、声がする。

「いらっしゃいませ！　ようこそ、イーストビレッジキャンプ場へ！」

視線を下に向けると、木の柵には馬車が通れるくらいの大きさの穴――出入り口なのだろう――が空いているのに気付く。

そのすぐ近く、柵の内側に小さな小屋のような建物があり、声の主はそのそばに立っていた。

長くて先の尖った耳をした、エルフ族の女性。

魔法に長けた種族であるエルフ族は数が少なく、大きな街でもたまにしか見かけない。

そんなエルフ族である彼女は、食事処の給仕のような可愛らしい衣装を着ていた。

エレナはその女性と既知の間柄らしく、気安く右手を挙げる。

「少し前にここに泊めてもらったエレナだ。あの時は本当に助かったよ。今日はパーティの仲間と一緒に来たんだ」

「エレナさん、お久しぶりです。また来てくれたんですね。ありがとうございます！」

そう言って屈託ない笑みを浮かべるエルフ族の女性を見て、エレナは感動したように身を震わせる。

「ああ、やっぱり夢じゃなかったんだな……！　『ありがとう』はこっちのセリフだ。今日は二人で一泊したい。またあの美味い飯と酒を頼むぞ！」

「はい、かしこまりました。お連れの方は初めてのご利用かと思われますので、当キャンプ場の説明をさせていただいてもよろしいでしょうか？」

エルフ族の女性が私のほうに視線を向けてきたので、私は頭を軽く下げる。

「ミリーだ、よろしく頼む。それにしてもずいぶんと可愛らしい格好をしているんだな」

「私はサリアと申します。こちらこそよろしくお願いいたします。そして、服装をお褒めいただき、嬉しいです！　この服はマスターの故郷に伝わる、メイド服です。とっても可愛らしいですよね！」

ほう、私の知っているメイド服とはだいぶ違うな。

実用性よりも見た目を重視しているような印象を受ける。

そんな風に考えながらサリアの服を観察していると、彼女はメイド服の端を両手で摘まんで恭しく一礼してきた。

「それでは改めまして――イーストビレッジキャンプ場へようこそ。当キャンプ場は一泊、銀貨五枚で泊まれる宿泊施設です。こちらで貸し出しております、宿泊用のテントを施設内のお好きな区画にご自身で設営していただきます」

一泊銀貨五枚か。街にある通常ランクの宿屋と同じくらいか。

ただそうなると一つ疑問がある。

「テントに泊まるって……宿泊施設なのにか？　それに自分たちでテントを設営しないといけな

いっていうのも珍しい」

　正直、宿泊施設というより野営地と呼んだほうが適切な気すらしてしまう。

　それで宿屋と同じ値段なのだから、大丈夫なのかと心配になってしまったわけだ。

　しかし、サリアは笑顔で頷く。

「ええ。ご自身で選んだ場所に、ご自身でテントを設営すること自体がキャンプ場の醍醐味の一つですから。中には、ご自身で作ったテントを持ち込まれるお客様もいらっしゃいますよ」

　エレナもそれに同意する。

「まあ少し面倒な気持ちはわかるけど、寝具は柔らかくて気持ちいいぞ。下手な宿なんかよりもよっぽど快適だ」

「そうなのか。すまなかった。続けてくれ」

　私がそう言うと、サリアは説明を再開する。

「かしこまりました。と言ってもテントを設営したあとは、ご自由にお過ごしいただくだけですけどね。そしてこちらのキャンプ場にある施設は、全てご自由にお使いいただけます。食事やお酒を楽しむのもいいですし、川で遊んだり釣りをしたりするのもよいかと。それ以外にも本の貸し出しサービスを利用される方や、温泉でゆっくりと疲れを癒される方も多いです」

　それを聞いて、私は思わず叫ぶ。

「お、温泉!?　ここには風呂があるのか!?」

「はい、当キャンプ場自慢の大浴場があります。温泉だけを目的に足を運ばれるお客様も大勢いらっしゃいますよ」

「そうそう、この前助けてもらった時もクタクタだったから、マジで染みたなー！」

サリアの言葉にエレナはそう同意した。

私はエレナに詰め寄る。

「エレナ、そういうことは先に言え。温泉があるというだけで、私はついてきただろう。それくらい魅力的な要素だぞ！　そもそも風呂なんて、銭湯か貴族の屋敷くらいにしかないんだし！」

身体の汚れをお湯で落とすのは、贅沢なこと。

普段は川で水浴びをするか、井戸の水で身体を拭くくらいしかできないのだ。

銭湯はあるにはあるが、相当値が張るからいい報酬の依頼を熟した時のご褒美的な感じでしか行けないし。

だからこそ宿屋と大差ない値段で風呂に入れるなんて、本当に信じられない。

しかしサリアは、それより信じられないことを口にする。

「ふふ、ミリーさんのお気持ちはわかります。私も従業員特権で毎日温泉に入っておりますが、とても幸せですもの」

毎日だと!?　なんて羨ましい！

私はあまりの衝撃に、言葉を発することすらできなかった。

それを見てサリアは「ふふふ」と笑い、説明を続ける。

「さて、それではお食事やお飲み物に関しても説明させていただきます。食材や飲み物の持ち込みは全て自由です。調理器具の貸し出しも行っておりますので、必要がありましたら、あちらの管理棟までお越しください」

　サリアが指差したのは、先ほどまで見上げていた、大きな建物だった。

　そして、彼女は声のトーンを一つ落とす。

「また、食材や飲み物の販売も行っているのですが……申し訳ないことに、お酒はお一人様五本までの販売とさせていただいております」

　私は首を傾げる。

「んっ？　宿泊施設で酒の販売を制限するなんて珍しいな」

「ええ。以前ドワーフのお客様方が、際限なくお酒を飲まれたので……」

「ああ、なるほど」

　それは納得だ。ドワーフの酒好きは有名だからな。

　やつらは気に入った酒があると、有り金全てをはたいてでも飲み尽くすのだ。

　ただ、その話が本当なら、ドワーフが気に入るほどの酒があるということになる。

　私もあとで購入してみようか……

　そう考えていると、サリアが「そして注意事項を説明させていただきます」と口にする。

「こちらのキャンプ場では、いかなる理由があっても犯罪行為は許されません。そのような行為があった場合、敷地内から自動的に追い出されることになります」

　思わず私は問う。

「犯罪がご法度なのは当然だろうが……自動的にっていうのは、どういうことだ？」

「こちらのキャンプ場には特殊な『結界』が展開されております。それにより、犯罪行為が感知されると、転移魔法で強制的に敷地外に転移させられてしまうのです。そして今後、キャンプ場の敷地内に入ることができなくなります」

「て、転移魔法!?」

そんなまさか!?　転移魔法はこの国でも、数人しか扱えなかったはずだぞ!?

「ええ。また、結界内の全ての暴力行為も無効化され、転移させられます。なので、犯罪行為を行わない限り、お客様の安全は保証されるのです」

「……そんな高位な魔法、見たこともない……とても信じられないな」

「実際に試してもらったほうが早いかもしれませんね。ミリーさん、どうぞこちらに。こちらの丸太を剣でも魔法でも構わないので、傷付けてみてください」

サリアの言葉の意図が掴めず、困惑する。

Cランク冒険者である私なら、こんな丸太ごとき一撃で真っ二つにできる。

それをここで見せたところで、なんの意味があるのだろう……

そう思っていると、サリアが言う。

「この丸太はこのキャンプ場の所有物なので、結界の効果によりどんなことをしても傷付きません。遠慮なく試してみてください」

「……わかった、この丸太を斬ればいいんだな？」

「ええ」

腰に差した剣を鞘から抜き、丸太に向かって構える。

剣を振るう前に丸太を観察してみるが……魔法が発動しているようには見えないな。

よし、言われた通り試してみるしかあるまい。

「せいっ！」

そんな気合の入った声を上げながら剣を振るったのだが――

「……っ!?」

剣が丸太に当たる瞬間、何か見えない壁のような物に遮られた感覚があった。

そして実際、剣は丸太に触れることなく、その手前で止まっている。

「やっぱりミリーも駄目だったか。俺も前回試してみたけど、傷付けられなかったんだよ」

そうエレナは言うが、私は平静ではいられない。

「ちょ、ちょっと待ってくれ！　頼む、もう一度挑戦させてくれ！」

「どうぞ試してみてください。ちなみにこちらの丸太も貸し出しております。悪意ある行為でなければ外に追い出されることもないので、魔法の練習にもってこいなんです」

そう笑顔で言うサリアを後目に、私は魔力を練り始める。

くっ！　さっきはまさか攻撃が防がれるわけがないと油断していただけだ。

今度は本気でいく！

「荒ぶる炎よ、剣に纏いて燃やし尽くせ！」

剣に炎を付与する、上位魔法。

私が使う魔法の中でも最高の攻撃力を誇る、これならどうだ！

なんて思いながら再度剣を思い切り振るうも……結果は惨敗。

丸太は傷付くどころか、焦げてすらいない。

さすがにこれは少し凹む……

私が肩を落としていると、サリアが励ましてくれる。

「あんまり落ち込まなくてもいいと思いますよ。当キャンプ場ができてから、まだ誰も丸太を傷付けられていませんから」

「そ、そうなのか⁉」

「ええ。むしろ安心していただきたいくらいです。当キャンプ場内であればどこでもこのような力が働きます。夜中に魔物や男性に襲われる心配もないので、ゆっくりとお休みいただけますよ」

「おお、それはすごいな！」

「喜んでいただけてよかったです。さて、それ以外にもいくつか注意事項がございます。まず、当キャンプ場にある物の持ち出しが禁止されております。こちらも暴力行為と同様に、物品を盗む意思と行動が検知された瞬間にその物品を没収した上で、外に放り出されることになります。そして当然、以後出入り禁止にさせていただきます」

窃盗行為も感知するとは……本当にこの結界とやらは、どういう仕組みなんだ？

そう思いながらも頷いていると、サリアは説明を続ける。

「そして、他のお客様もおりますので、あまり騒ぎ過ぎないよう、お願いします。周りに気を遣いたくないのであれば、端っこのほうにテントを張っていただけますと幸いです。人が少ないので、多少は騒いでも問題ないかと思います。また、夜八時に管理棟の明かりが消え、最低限の明かりだけになりますのでご注意ください。それ以降はお休みになられる方も大勢いますので静かにお過ごしいただけますと助かります」

サリアはそこで一旦言葉を切り、人差し指を立てる。

「最後に、当キャンプ場はできるだけ綺麗にご利用ください。ゴミも、なるべく纏めてくださいませ。何かわからないことがありましたら、遠慮なく従業員に聞いてくださいね」

「ああ、全て了承した」

「ありがとうございます！　それでは、テントなどを貸し出しますのでこちらへどうぞ」

私たちは小屋の中に入った。

サリアは『備品室』と書かれた部屋に消え、少しして戻ってきた。

「それではこちらが、宿泊用のテントとマットと寝袋になります。テントの設営方法は説明書に書いてありますが、わからないようでしたら従業員が手伝います。どちらにお持ちしましょうか？」

「ああ、俺たちで運ぶから大丈夫だぜ」

エレナがそう言うと、サリアはぺこりと頭を下げる。

「ありがとうございます。それでは当キャンプ場をお楽しみください！」

サリアから道具を受け取った私たちは、キャンプ場の奥へ進んでいく。

私は、口を開く。

「なんとも変わった場所だな。それにしても、結界とやらはどういう仕組みなんだ……」

「まあ細かいことは気にすんなよ。そんなことより、さっさとテントを張って昼飯にしようぜ。この飯は、マジで美味いからよ！」

「確かに腹が減ったな。さて、どこにテントを張るかな」

そう言いつつ、私はあたりを見回す。

キャンプ場は、思ったよりも広いようだ。森や川なんかもある。

そして既に、私たち以外にも大勢の客がいた。

辺鄙な場所だというのに、思ったよりも客が来ているんだな。

隅っこには五、六人のドワーフがいて、昼間っから酒を飲んでいる。

なるほど、大騒ぎするのを前提に、隅のほうにテントを張っているわけだ。

そこから少し離れた場所にいる小柄な男は、ハーフリングか。

テントの前に、日差しを遮る大きな布を張り、椅子に座って本を読んでいる。

そういえば本の貸し出しをしていると言っていたが、手に持っているのはそれだろうか。

また、中央の開けた場所では犬の獣人たちが羽のような物を打ち合ったり、丸い円盤のような物を投げ合ったりして遊んでいるようだ。

あの遊具も貸し出しているのだろうか。

そして、あそこにいるのは……貴族かな。

大勢のお付きと一緒に優雅に食事を楽しんでいる。

……ん？　あのドレスを着た女性、この国の王女に似ているような……

いやまさか、他人の空似ってやつだろう。

さすがにこの国の王女がこんな場所に来ているはずがない。

とはいえ、貴族の近くで過ごして、何かしら粗相をしてしまったら恐ろしい。

エレナも同じことを考えていたようで、口を開く。

「貴族たちとは離れたところにテントを張ろうぜ」

「同感だな。う～ん、そこ以外ならどこでもいいぞ」

「じゃあ前回俺が泊まったところにするか。夜になったらいい物も見られるしな」

「いい物？」

「それは夜になってからのお楽しみだ。さあ、テントを張って飯にしようぜ」

こうして私たちは、適当なところにテントを張ることにした。

このテントは私たちが持っている野営用の物とはまるで違う。

設営も簡単で、丈夫な上にとても軽い。雨が染み込んでくる心配もなさそうだ。

寝袋はそれほど分厚くない割に、手を入れてみると温かい。

寒い夜でも、これがあれば凍えることはないだろう。

そして、マットは軽いのにとても柔らかい。

これを寝袋の下に敷けば、多少ゴツゴツした地面の上でも気持ちよく眠れるだろう。

私は手を動かしつつ、言う。

「なあ、このテントや寝袋は販売していないのか？　私たちが使っているやつよりも軽くてよっぽど上質だぞ」

「前回来た時はそんなことを気にしている余裕はなかったけれど、確かにそうだな。あとで誰かに聞いてみようぜ」

そんな会話をしながらテントを設営し、私たちは管理棟と呼ばれていた大きな建物へ向かう。

「……なんとも立派な建物だな」

そんな風に呟きながら、扉を開ける。

すると、中には褐色の肌と尖った耳を持つ、ダークエルフがいた。

彼女もサリアと同じで、可愛らしいメイド服を着ている。

「いらっしゃいませ。ここでは料理のご注文を受けたり、食材の販売や調理器具の貸し出しを行ったりしております。本日は何をお求めですか？」

「そろそろ飯にしようかと思ってな。何かおすすめはあるか？」

私のそんな質問に、ダークエルフは少し考えてから口を開く。

「麺料理の『焼きそば』、肉料理の『グリルチキン』、魚料理の『アヒージョ』、チーズを使った料理の『チーズフォンデュ』が本日のおすすめです。他にも人気のメニューはこちらに纏めてあります」

渡されたメニューを見てみるが、知らない料理ばかりだ。

説明書きはあるが……まぁ、こういう時はおすすめを頼んでみるのが一番だろう。

どれもそれほど高くないし。

そう考えていると、先に食べる物を決めたエレナが口を開く。

「肉は夜にたっぷり食べるから、俺はアヒージョってやつにしてみるよ」

続いて、私も注文する。

「私はチーズフォンデュとやらにしてみるか」

「アヒージョ一つとチーズフォンデュ一つですね。すぐに従業員がお持ちしますので、どこにテントを張ったか教えてください」

お金を払ってテントの場所を伝えて元の場所に戻り、少しすると、先ほどのダークエルフの女性と、人族の男性が食材と何やら見慣れない道具を持って現れた。

二人で椅子とテーブルをテキパキとセットしてくれた。テーブルの上には、野菜やパンなどの食材が載った皿が置かれている。

続いて二人は金属製の台？　みたいな物に薪を入れて火を熾す。そして、その上に載せた金網に見慣れない形の器を二つ置いた。

男性が言う。

「お待たせしました。アヒージョとチーズフォンデュになります。アヒージョは魚やエビ、貝や野菜などを油で煮込んだ料理です。油をパンにつけて食べてもとても美味しいですよ。チーズフォンデュは溶けたチーズに焼いたり茹でたりした食材をくぐらせてお召し上がりください。そしてこれは、サービスのお水になります。おかわりが欲しい場合は、大変お手数ですが管理棟までお越しください」

私はその説明に、思わず声を上げてしまう。

「無料で水が飲めるのか⁉」

しかも、水が入ったコップも透明なガラスでできているではないか。

この美しいグラス一つで、ここの一泊の宿泊代の十倍はしそうだぞ⁉

「はい、追加で料金をお支払いいただく必要はございません。また、食べた物はあとで従業員が片付けに参りますので、そのままにしておいてくださいませ。それではごゆっくりどうぞ」

そう言うと、男性は管理棟へ戻っていく。

ダークエルフの女性もその後ろをついていった。

今更だが、男性のほうはずいぶんと立派な執事服を着ていたな。

あれが男性用の制服なのだろうか。いやいや、そんなことより——

「おい、エレナ！　本当にこの場所は大丈夫なのか？　あとで法外な料金を請求されないよな⁉」

「落ち着けミリー、前回来た時も大丈夫だったから心配するな。それより、この水も美味いから飲んでみろ」

「あ、ああ……って、何っ⁉　ま、まさかこの水は冷やされているのか⁉」

グラスを手に取ると、とても冷えていた。中には氷まで入っている。

氷魔法を使える者は少ないから、冷たい物を飲む機会なんてそうないのに！

「かあ〜キンキンに冷えていて美味えな！　いくらでも飲めちまうぜ！」

そんなエレナの言葉を聞きつつ、私は水を口に含む。

ここまで来るのにだいぶ疲れていたようで、冷たい水は渇いていた喉に染み渡る。

泥臭さがなく、ごくごく飲めてしまう。

「……確かにこれは美味いな」

これが無料だなんて、本当に驚きだ。

だが、もう飲んでしまったわけだし、エレナの言葉を信じるしかないか。

もうこうなったら、疑うのではなく、徹底的にここを楽しみつくしてやろう！

決意を固めている私を後目に、エレナは金網のほうに目を向ける。

「それじゃあ、アヒージョとやらを食ってみるとするか」

「そうだな、私もこのチーズフォンデュとやらをいただいてみよう」

ほう、どちらからもいい匂いがしている。だが私の頼んだチーズフォンデュとやらは、溶けたチーズを食材に付けて食べる料理だと言っていたな。

なんだ、期待していたのにそこまで変わった料理というわけでもなさそうで、少し残念だ。

とはいえ溶けたチーズが、不味いなんてことはないだろう。

まずはこの野菜をつけて、いただくか。

「――ふわっ⁉」

なんだこれは!?　ただ、チーズを付けただけ？

想像していた味と、全く違う！

乳の風味と塩気をしっかり感じる、今までに食べたことがないほど極上のチーズ。

それを少し甘みのあるワインか何かで割っているのだろう、より深みが出ている。

野菜本来の甘みを、このチーズソースがさらに高めてくれているのがわかる。

ソース単体では味が少し濃いが、野菜に付けることで、ちょうどよい味になっているんだな。

次は腸詰めにもたっぷりチーズを付けて――

「くうっ！」

やはり、これもとてつもなく美味しい！

この腸詰めも味付けが薄いから、チーズと合わせてもしつこ過ぎないのだ。

チーズフォンデュという料理は、チーズに付ける野菜や肉などが主役だと思っていた。

だが、間違いなくこの料理の主役はチーズだとわかる！

「美味い！　美味過ぎるぞ……チーズフォンデュ!!」

感動を露わにしている私に、エレナがキラキラした目で言ってくる。

「うわ、マジで美味いぞこのアヒージョってやつ！　ミリーも少し食べてみろよ」

「馬鹿を言うな。間違いなくこっちのチーズフォンデュのほうが美味しいぞ。ほら、少しだけやるから！」

私たちはそれぞれの料理を交換することにした。

このチーズフォンデュという料理は、ここ最近食べたどの店の料理よりも美味しい。

これを超える料理なんてそう簡単には……

「んなっ!?」

アヒージョを口に入れた瞬間、私は思わず小さく叫んでしまった。

ば、馬鹿な！　これも、チーズフォンデュに勝るとも劣らないほどに美味しいぞ!?

このアヒージョという料理、一見するとただのオイル煮だが、そんなことは断じてない！

上質なオイルにはふんだんに香辛料が入っており、それが具材の旨みを何倍にも引き上げるのだ。

それなのに、あんなに廉価で提供しているだと!?

もし街で食べたら、この五倍以上取られてもおかしくはない！

そんな風に感動していると、エレナが幸せそうな顔で言う。

「うお、このチーズ……いつも街で食べているやつとは別もんじゃねえか！」

私は大きく頷く。

「そうだろう、そうだろう。でも、こっちのアヒージョとやらも美味しかった……なあ、エレナ。こんな物では物足りない！　他の料理も食べてみたい。それに、こんな美味しい料理があるのに酒がないのは辛過ぎるぞ。酒も買いにいこう！」

しかし、エレナは両手を前に出して私を宥めてくる。

「おいおい落ち着けって！　これから温泉にも入るんだぞ!?　晩飯も美味いし、酒はその時に飲むほうがいいだろう。ここの酒は飲んだら止まらなくなっちまうから、もう少し我慢だ！」

「そ、そうなのか……」

くそっ、こんなに美味しい料理と一緒に酒が飲めないなんて、まるで拷問じゃないか……

昼飯を堪能したあと、他の料理や酒を楽しみたい衝動を抑えながら、エレナと一緒にキャンプ場を歩いて回ってみた。

敷地内には、様々な区画がある。

子供が遊べるような遊具が置かれた区画や、釣りができる場所などなど……

そんな中でも驚かされたのが、管理棟内にある図書室だ。

ここには街にある本屋とは比べ物にならない数の本が、無造作に置かれている。

しかもそのどれもが、見たこともないような物ばかりなのだ。

……こっそり持ち帰ることはできないと説明されたが、そうとわかっていても衝動を抑えるのは大変だな。

さて、そんなことをしている内に、日が暮れてきた。

私たちは今、大浴場にいる。

「こ、これが風呂だと⁉」

「ふふ、びっくりするほど大きいですよね」

私が漏らした驚嘆の声にそう答えたのは、サリアだ。

大浴場の入り口で休憩中の彼女とばったり会い、一緒に温泉に入ることになったのである。

それにしても、風呂だけで建物が一棟あり、それがこれほどのサイズだなんて……本当に信じがたい。

「前にも思ったけれど、日が暮れ始めたってのに、なんでこんなに明るいんだろうな？」

エレナの疑問に、サリアが答える。

「えっと、マスターが仰るには光を出す『電灯』という魔道具の力らしいですよ。あれです」

サリアの指差す先——天井には、白い光を放つ丸い物があった。

なんだか先ほどから見慣れない物ばかり目にしたせいで、別の世界に迷い込んでしまったような気持ちにすらなってしまう。

いや、もう考えるのは止そう。

私は浴場の中でも一際大きい湯船に足先から入ろうとして——

「あ、ミリーさん。お湯に入る前に身体の汚れを落とさないと駄目ですよ」

サリアの言葉にハッとする。

「あ、そうか。そういえば入り口の案内にも書いてあったな」

確か、湯船に入る前に『かけ湯』をして汚れを落とすんだったな。

手近に置いてあった桶で湯を掬い、身体全体にかける……と、よし。これで大丈夫だ。

そんなことをしている間に、エレナとサリアは既に湯船に浸かっている。

さて、私も早く入るとしよう。

肩まで湯に浸かると——思わず声が漏れた。

「あぁ……身体の疲れが全て溶け出していくようだ……」

「うああ～、こりゃ気持ちいいや！」

隣で、エレナがはしゃいだ声を上げる。

気持ちは大いにわかる。こんな大きな湯船に入れる機会なんて、そうない。感動してしまうよな。

「ふふ、あとで髪と身体を洗う時には、『シャンプー』と『ボディーソープ』を試してみてくださいね。髪はサラサラ、肌はスベスベになりますよ」

またしてもサリアの口から飛び出した知らない言葉に、エレナが驚きの声を上げる。

「なんだそれは!?　そんなのもあるのか!?」

「はい、入り口の案内にも書いてありますよ」

「しまった、以前来た時には、使っていないぞ！」

すごいな、そんな物まで入場料を払うだけで使えるのか。

そうだ、入り口の案内と言えば、気になる記載があった。

「サリアに一つ聞きたい。この温泉に男湯と女湯があるのはわかるが、なんで混浴もあるんだ？必要なくないか？」

「ええ、私もそう思っているのですけれど、マスターが言うには混浴は『男の夢』だから、なくてはならないとのことで……」

「ロマン？　なんだそりゃ？」

「よくわかりませんが、きっとマスターには深い考えがあると思いますよ。こんな私を雇ってくださった、素敵なお方ですから」

「いいマスターなんだな」

「はい！」

サリアはそう口にして、可愛らしく微笑む。

こんな可愛くて優しい娘に好かれているなんて、このキャンプ場の主人は幸せ者だな。


「さあ、待ちに待った晩飯の時間だぜ！」

「…………」

風呂を出て、テントに戻る頃には、完全に日が落ちていた。

それ故、今は待ちかねた夕飯の時間！　……なのだが、私はハイテンションなエレナについていけていない。

だって散々期待していたのに、目の前にあるのはただの肉と野菜。

それらは昼食時にも置かれていた、金属製の台の上でジュワジュワと音を立てて焼かれている。

夕飯は『肉と野菜を炭火で焼くだけ』というわけだ。

いくらなんでも手抜きが過ぎるんじゃないか……と肩を落としてしまうのもやむなしだろう。

……いや待て、昼の時もそうだった。

きっとただの肉や野菜と見せかけて、何か驚くような仕掛けがあるに違いない。

そう自らを鼓舞していると、エレナが口を開く。

「それじゃあ食うぞ！　こっちのほうはもう食べても良さそうだ」

「ああ、いただこう」

まずは十分に焼けたこの野菜からだ。

さて、果たしてどんな仕掛けがあるのか……いざ！

「…………」

至って普通の野菜だ……

いや、確かに野菜自体は街で買える物より新鮮で美味しい気もするが、ただそれだけだ。

しかも、塩すら振られていないではないか。

くそ、昼食があれだけ美味しくて、温泉があまりにも素晴らしかったから、知らないうちにだいぶ期待し過ぎてしまっていたようだ。

そう悲嘆に暮れていると、エレナの明るい声が聞こえてくる。

「ああ～美味え！　本当にこのタレはどうやって作っているんだろうな？」

「ん、タレ？」

「ああ、このタレだよ。……ってミリー、何やってんだ。この『バーベキュー』って料理はタレがなきゃ始まらねえんだよ！　ほら！」

「おい、エレナ。そういうことは先に言え！　ん、これはなんと書いてあるのだ？」

エレナから渡されたのは、茶色い液体が入った謎の瓶。

そしてその瓶には見たこともない文字が書いてあった。

「ああ、サリアに聞いたら『金色の味』って書いてあるらしいぜ」

「何⁉　金色だと！」

すぐにタレを皿に注ぐ。

そして、先ほどと同じ種類の野菜にタレをつけて口元に運ぶ。

「なん……だと……」

これは、本当に先ほど食べた物と同じなのか？

続いて、肉もタレにつけて、口の中に放り込む。

なんだこれは！

今まで食べたことがない味へと昇華されている⁉

甘辛く濃厚なタレ。

それがどんな食材でも優しく包み込み、その潜在能力を無限に引き出している！

なるほど、これはまさに金色の味だ！

思わず目を瞑り、歓喜に震えていると、エレナが肩を突いてくる。

「ほら、この『ビール』を流し込め」

「ん、ああ。これがエレナの言っていた酒か。エールではなく、ビールというのか？　ずいぶんとおかしな容器に入っているな。おっと、このビールという酒もキンキンに冷えているみたいだ」

エレナから渡されたビールという酒。

それは、キラキラと輝く金属の筒に入っていた。

上には口をつけるのにちょうどいいくらいの楕円形の小さな穴が開いている。

酒を冷やして飲むなんて……本当に美味いのか？

とりあえず一口——ゴクッ。

「んん⁉　ゴクッ、ゴクッ、ゴクッ……ぷはぁ！　な、なんだこれは⁉」

「へへ、やべえだろ！　俺も最初は冷えた酒なんて本当に美味いのかなーなんて思っていたけど、一度でもこれを飲んだら、もうぬるいエールには戻れねぇって思っちまう」

「味は似ているが、スッキリとした喉越しと深いコクは、エールのそれとは全くの別物だ。冷えているせいか、酒であるのを忘れるほどすんなりと飲めてしまう……そうか、それで最近エレナの飲む酒の量が減っていたのか。確かに一度でもこの味を知ってしまったら、もう別の酒を美味しく感じられなくなってしまっても、不思議ではない！」

「ああ、だけど一気に飲み過ぎだ。このビールを買う時も一気に飲まないことと、子供や嫌がる人に無理やり飲ませないことを約束させられるんだ」

「わ、わかった。次からはもっと味わって飲むから大丈夫だ……たぶん」

「俺も一杯目は我を忘れて一瞬で飲み干しちまったから、気持ちはわかるけどな」

「これをたった五本しか飲めないのか……」

「そこだけは本当に不満だよなぁ……と、そんなことを言っていても仕方ねぇ。バーベキューを楽しもうぜ。実はこのバーベキューには金色のタレだけじゃなくて、こっちの『おろしダレ』と『塩ダレ』ってのもよく合うんだぜ！」

「だからそういうことは先に言え！」

その後もエレナと一緒に、野菜や肉を焼いては食べを繰り返し……あっという間に食べ終えてしまった。

三種類のタレはそれぞれ味が違って、どれも本当に美味しかった。

あとはこのビールとやらがもっと飲めれば、文句はないのだけれどな。

もう既に私もエレナも、それぞれ五本ずつ空けてしまったから、飲めないのだ。

「……こんなに満足したのは久しぶりだな」

火の始末をしつつ、思わず私がそう零すと、エレナも同意する。

「最高に美味かっただろ。にしても、ビールがもっと飲めればと思わずにはいられないよなぁ」

「同感だ。ドワーフたちが夢中になるのも無理はない。くそっ、あと一本でいいからこのビールとやらが飲めればいいのだが……！」

「本当だぜ。浴びるほど飲みてえな！」

ちょうどそんなタイミングで、利用客の一人が通りかかる。

人族で、歳は五十代くらいだろうか。

私は彼に頭を軽く下げる。

「すまない、声が大きくなってしまった。ここではあまり騒いではいけないのだったな」

「ああ、別にうるさいとは感じんかったよ。それよりも見ない顔だが、このキャンプ場は初めてか？」

　それに答えたのは、エレナだ。

「俺は二回目で、こっちは初めてだ。おっさんはここの常連なのか？」

「ああ、ここでのんびり過ごしているただの暇人だ。このキャンプ場はどうだ？」

「最高の場所だな！　飯も酒もすっげ～美味い！」

「同感だ。それにまさかあんな大きな風呂に入れるとは思っていなかったな。絶対にもう一度来て、今度は本も読んでみようと思っている」

　私とエレナがそう言うと、男は笑う。

「はは、そりゃよかった。そういや酒が足りないとか言っていたな。二人とも強い酒は飲めるか？」

「人並み以上には飲めるぜ」

「私もだ」

「そうか、そんじゃあちょっと待ってな」

　男はそう言うと管理棟のほうへと歩いていき、すぐに戻ってきた。

　手には、一本の大きな瓶が握られている。

「ほら、ビールじゃないが『日本酒』って酒だ。ビールと違って酒精が強いから、ゆっくり飲むんだぞ」

「いいのかよ、おっさん⁉」

　エレナが驚くと、男は頷く。

「ああ、キャンプ場の先輩からの奢りってやつだ。遠慮するな。この結界の中じゃ毒も無効化されるから、安心して飲むといい。ビールも美味いが、いろんな酒があるから、もし今度来るなら試してみるといい」

私はそれを聞いて、驚く。

「何⁉　ビールとこの日本酒以外の酒もあるのか？」

「ああ。最初は飲みやすいビールをすすめるが、他にも『ウイスキー』『ウォッカ』『酎ハイ』なんて酒も売っているんだ」

それを聞いて、私はエレナにジト目を向ける。

「……エレナ？」

「そういえばビールの他にもいろいろ書いてあったな。前回もビールを飲んで美味かったから、全部これでいっかって思って」

「お前ってやつは……まあ、このビールはとても美味しかったからいいけど……」

「はは、気が向いたら他のも試してみるといいさ。そんじゃあ俺は行くからな。キャンプを楽しんでくれ」

男はそう口にして、歩いていってしまう。

エレナと私は、その背に礼を言う。

「サンキューな、おっさん！」

「ありがとうございました！」

最初は何か下心があるのかと警戒したが、本当にただの親切心だったみたいだ。

「いいおっさんだったな」

私は、エレナの言葉に頷く。

「ああ、常連だと言っていたし、また来た時に会えるかもな。その時はこちらから何かご馳走しよう」

「ああ、そうしようぜ」

「それにしてもこっちの酒はビールとはだいぶ違うな。日本酒……そんな名前の酒があるなんて、聞いたことがない」

「とりあえず飲んでみるか」

男は日本酒という酒と一緒に小さなコップも二つ、置いていった。

酒精が強いとも言っていたし、この小さな容器で少しずつ飲むのがいいな。

早速コップに日本酒を注ぎ、私とエレナは乾杯する。

「――っん⁉」

確かに、先ほどのビールよりもだいぶ酒精が強い。

だが、ただ酒精が強いだけではなく、口に入れた瞬間に華やかで複雑な香りが口いっぱいに広がっていく。そしてその中に、わずかな甘みとまろやかさを感じるのだ。

「……これはよい酒だな」

「おう、ビールと違って一気に飲む物じゃないだろうが、違った味わい方ができて、いいな。こいつは焼いた魚やイカによく合いそうじゃねえか。追加で少し買ってきて焼こうぜ」

「ああ。それにしても……ビールにしろこの日本酒にしろ、他の場所では見たことがないぞ。本当にこのキャンプ場とはどういう場所なんだ？」

「さあな。ま、美味い酒と飯が食えるんならなんでもいいさ」


常連の男からもらった日本酒を飲み干して、焼いたつまみを食べ終わった頃、周囲が暗くなり始める。


「ん、もう八時か」

電灯が消えたんだろう。

八時を過ぎたら、静かにしないといけないのだったな。

そんなことを考えていると、エレナが言う。

「ほら、ミリー。最後のお楽しみだ、上を見上げてみな」

「ん？　……そうか、確かにこれは絶景だな」

「だろ、今夜は雲(くも)がなくてよかったぜ」

見上げてみると、一面に星空が広がっていた。

さっきまでは管理棟の明かりが強過ぎてはっきり見えなかったが、今は星が煌(きら)めいているのがよくわかる。

「……夜の空はこんなにも綺麗だったのだな。普段野営の時にあれだけ見ていたというのに」

「そりゃ、ボロボロになって移動したあとに不味い携帯食を食って、魔物や盗賊を警戒しながら野営している時に見る星空とは、天と地ほど違うだろ」

「はは、それもそうか」

確かにエレナの言う通りだ。

温泉でゆっくり疲れを癒して、美味しい酒やご飯を食べて、あとはぐっすりと眠るだけ。

結界のお陰で、周囲を警戒する必要すらない。

そりゃ、星も一段と素敵に見えるわけだ。

◆　◇　◆

「それじゃあ、世話になったな！」

「サリア、すぐにまた来るからその時はよろしく頼む！」

エレナと私はそれぞれ別れの挨拶を口にして、片手を上げた。

「はい。エレナさんもミリーさんも、またのご利用をお待ちしております！」

昨日はあのあとテントに入ってすぐに寝てしまった。

酒も入っていたし、マットと寝袋が大層柔らかく、思いのほか快適だったのもある。

朝ご飯は『ホットサンド』という、焼いたパンの中にいろいろな具材が入っている食べ物だったが、それも本当に美味しかった。

特にチーズとハムが入っていたやつは、最高だったな。

はぁ……一泊どころか、一週間はここに泊まりたいくらいだ。

ここにあるテントなどの野営道具や金色の味、酒の販売は行っていないらしいし、またここに来るまでこの素敵な体験はお預けかと思うと、暗澹とした気持ちになってしまう。

サリアは口を開く。

「最後にお願いなのですが、あまり街などでこのキャンプ場のことは話さないでくれると助かります。思ったよりも人伝てにこのキャンプ場が知られてしまいまして……あまりにお客様が増え過ぎると、今後は予約制になってしまうかもしれないんです」

それは困るな。

私とエレナは大きく頷く。

「なるほど、約束するよ」

「俺もだ。あっ、でも同じパーティのやつらがもう二人いるんだが、そいつらは呼んでも大丈夫か？」

「ええ、二人でしたら全然大丈夫です。ぜひまた皆さんでお越しください！」

「よかった……次の休みにまた来るよ。それじゃあ！」

「ご利用ありがとうございました！」

深々と頭を下げて見送ってくれるサリアに背を向けて、私たちは街へと続く道を進む。

街で人に言いふらすわけがない。

客が増え過ぎて、もうあそこに行けなくなるなんて絶対に嫌だからな。

ここに来ていた他の客たちもみんな同じ気持ちだから、街ではこの場所がそこまで広まっていないのだな。

遅ればせながら、キャンプ場がわかりにくい場所にあった理由がわかった気がする。

偶然キャンプ場を発見して、ここまで連れてきてくれたエレナには本当に感謝だ。

それにしても、いったい誰が街から離れたこんな場所にキャンプ場という施設を作ったのだろうな？

第一話　異世界転生

ん、ここはどこだ？

俺――東村祐介は目を覚ますと、真っ白な空間にいた。

あたりを見回しても何もなく、ただひたすらに真っ白な空間が広がっている。

でもなんだろうな、なんとなく夢にしては現実感があるんだよな。

思わず独り言を呟いてしまった。

「夢……っぽくはないな」

そんなことを考えていると――

「その通り、夢ではないのじゃよ」

「うおっ!!」

驚きの声を上げつつ振り向くと、そこにはなぜかちゃぶ台がある。そしてその向こう側には長くて白い髭を生やした禿げ頭の老人が座っていた。

「びっくりした。あんたは誰だ？」

「儂はこの世界を管理する者じゃ。そうじゃな、神様だと思ってもらって構わん。とりあえず立ち話もなんじゃから、座ってくれんかのう」

よくわからないが、とりあえず疑問は棚上(たなあ)げしつつちゃぶ台の手前に座る。

……って、ちょっと待て。この流れは小説やアニメで見たことがある。

確か大体このあとにロクでもないセリフを聞くハメに——

「東村祐介、享年(きょうねん)三十三。寝ている間に心臓麻痺(しんぞうまひ)で安らかに死亡……」

「ちょっと待てえええええええ！」

思わずちゃぶ台をひっくり返してしまった。

おい、ちょっと待て！　嘘だろ？　俺、死んだの!?　頼むから冗談(じょうだん)だと言ってくれ！

「気持ちはわかるが、少し落ち着くのじゃ」

老人がそう言いつつ横に置いてあった杖(つえ)を手に取り、ひょいと振るうと、たちまちちゃぶ台が元の場所に戻ってきた。

なんだこれ、魔法か？

いや、今はそんなこと、どうだっていい。

「俺が死んだっていうのは本当なのか!?　身体だってどこも悪くなかったし、眠る時だって体調を崩(くず)していなかったぞ！」

身体だけは昔から丈夫だったし、よく運動もしていたから、会社の健康診断で引っかかったことすらない。

「……それなんじゃがのう。大変申し訳ないのじゃが、実はお主が死んだのは部下の手違いでな。本当のところ、お主は死ぬことはなかったのじゃ」

「ふざけんなああああああ！」

またしてもちゃぶ台をひっくり返してしまった。

いや、でもこれはさすがに我慢ならない！

「まあさすがにすんなり受け入れられないじゃろうな」

また神様が杖を振るい、ちゃぶ台が元の場所に戻ってきた。

「そりゃそうだろ！　手違いなんだよな!?　すぐに生き返らせてくれるんだよな!?」

俺はそう言いつつ、神様に詰め寄るが——目を逸らされた。

「……それがのう、実はこちらにも厳しい規則があって、一度死亡を承認してしまうと、生き返らせることができなくなってしまうのじゃ」

「いやいや！　それはさすがに困る。なんとかして生き返らせてくれって！」

「すまんのう。こればっかりは儂にもどうにもできないのじゃ……その代わりに今の記憶を持ったまま、剣と魔法の世界で第二の人生を送らせてやるぞ。それだけじゃない。今回の件のお詫びに、その世界で楽に生きていける特別な能力をいくつかプレゼントさせてもらおう。それでなんとか許してはくれんかのう？」

「そういう異世界もののテンプレとか、マジでいらないから！　頼むから元の世界に戻してくれ！」

「いや、そこまで拒否せんでも……おかしいのう、数十年前に同じような提案をした際には、二つ返事で了承してもらえたのじゃが……」

俺も異世界ものと呼ばれる小説を読んだことはある。でも、異世界で勇者になって、チートスキルで俺TUEEEとか、マジでいらない！　だって――

「たぶんそれはその人が今の生活に未練がなかったからだ。俺は今の生活に未練しかない！　ようやく、自分のキャンプ場を持てそうだったんだよ！」

先日ブラックな会社を早期退職して、いよいよ自分のキャンプ場を作り始めようというタイミングだ。

必要な物を調べ上げ、土地を探して、書類だって準備している最中である。

俺は剣と魔法の世界よりも、キャンプ場でまったりと焚き火をしているほうが幸せなんだよ！

「そっ、そうなんじゃな……」

神様がドン引きしているっぽい。

だが、長年の夢がこれから叶うという時に間違えて殺されたんじゃ、死んでも死にきれん！

神様は困ったように言う。

「とはいえ元の世界に戻すことは規則によってどうしてもできなくてのう……ふむ、どれどれ……ほう、これがお主の言うキャンプという物か。なるほど、何やら皆いろんな道具を持って楽しそうに過ごしておるのう……よし。それなら向こうの世界でキャンプ場を作れる能力を授けるなんてどうじゃろう？」

ピクッと、俺のこめかみが動く。

「……そうじゃのう。まずは指定した場所で安全に過ごせるように、結界を張れる能力なんてどうじゃ？　その結界内では暴力行為をはじめとした、犯罪行為を禁じられるのじゃ」

ピクッ、ピクッ！

「それと向こうの世界の金銭と引き換えに、こちらの世界のキャンプ道具や、その他の物を取り寄せる能力とかはどうじゃ？　この能力があれば、向こうの世界でキャンプ場を作るのに必要な物を手に入れられるじゃろ。これが儂にできる精一杯じゃ。いかがかの？」

「神様の部下って言っても、誰にでも間違いはあるもんな。それでよろしく頼む。いろいろとわがままを言ってすまなかったな」

「……現金なやつじゃのう。まあこれ以上文句を言われても面倒じゃから、断られたら了承を取らず、なんの能力も授けずに別の世界に送っていたところじゃったわい」

セーフ！　調子に乗って『もう一声！』とか言わなくてよかった。

この神様、穏やかな顔に似合わず、やろうとしていたことがエグい！

「あの、これから俺が行く世界ってどんな世界なのでしょうか？」

思わず敬語になってしまった。

さっきまでいきなりの展開だったから動揺していたが、目の前にいる老人は神様だし。

「すまんが詳しく説明している時間がなくてのう。自分自身の目で確かめてくれんか。そうじゃ、向こうの世界の者の言葉や文字がわかるようにしておこう」

「はい、ありがとうございます」

「うむ。それでは向こうの世界に送るとしよう。大きな街の近くに送るから、まずはそこを訪ねるのがよい。改めて、申し訳ないことをしたのう。向こうの世界での人生、自由に楽しんでくれ」

そう口にして、神様が杖を振るう。

うっすらと意識が遠のいていく……


「う、うう～ん」

気付けば、草原のど真ん中に寝そべっていた。

手に触れる草の感触や頬を撫(な)でる風の感覚――どうやら、夢ではないようだ。

「……まあ過ぎたことをとやかく言っても仕方ないか」

よくよく考えたら、間違えて俺を死なせてしまったとはいえ、不祥事(ふしょうじ)を隠(かく)さず話して謝罪し、特別な能力を授けた上で別の世界に送ってくれたって考えると、いい神様ではあったんだろうな。

幸いキャンプ場にしようとしていた土地の手付け金もまだ払っていないから、両親や弟には迷惑をかけないだろうし。

今まで散々自由に生きてきたから、せめて家族には幸せになってほしいものだ。

「さあ切り替えていくぞ！　ステータスオープン！」

…………何も起こらない。

あれ？　異世界ものの常識に照(て)らして考えれば、ステータスって見られる物じゃないの？

めちゃくちゃ恥(は)ずかしいんだが……

「あれ、じゃあ結界は？」

掌(てのひら)を上に向けると、結界のほうはちゃんと出てきた。

なんだろう、何も考えずとも歩き方がわかるように、なんとなく使い方がわかる。

俺を中心に、透明な膜が周りを覆っている。なんなら、もっと範囲を広げられそうだ。

「あとはどうやって日本の物を取り寄せるか、だな。お取り寄せ、買い物、ストア……ってなんか出た!?」

いきなり目の前に、半透明なウインドウが現れた。

そしてそこには見覚えのある日本の商品の名前と写真が載っている。

食品コーナーに調味料、本や雑貨にキャンプ道具。おっ、大工仕事に使えそうな道具に、ホームセンターで売っているような資材まで購入できるじゃないか!

確かにこの能力を使えば、異世界でキャンプ場を作るのも夢ではない。

というか、このストアの能力を使えばお金を簡単に稼げそうだ。

日本の商品を転売するだけでお金の心配はないだろう。

そんなことを考えながらウインドウを眺めていると――

「うお！　既に百万円分もチャージされている!?」

ウインドウには『残高』と書かれた欄があり、そこには『百万円』と表示されていた。

これだけの元手があれば、なんだってできそうだ。

「神様に感謝だな」

とりあえず一度試してみるか。ええ～と、ペットボトルの水を買ってみよう。

ウインドウを操作して、食品コーナーにある百円の水の写真をタップする。

おお……『冷たい』と『温かい』が選べるのか。

『冷たい』の文字のすぐ下にある『購入』と書かれたボタンを押す。

「おっと！」

ボタンを押すと同時に、ウインドウからペットボトルが出てきた。

残高を見ると水の料金である百円が引き落とされたようで、『九十九万九千九百円』と表示されている。

感心しつつも、水を飲む。

「ぷはあ、美味い。でもよく考えたらアイテムボックスとかはないいんだよな。空いたペットボトルをそのあたりに捨てるのは、ちょっとまずい気もする」

そういえば異世界ものの定番である、アイテムボックスはもらえなかった。

バッグはストアで買えるから、なくても大丈夫と言えば大丈夫だが、日本の物を異世界に適当に放っておくのはなんだかよくない気がするし……

なんとなく、まだ半分くらい中身のあるペットボトルをストアのウインドウに通してみた。

するとペットボトルが消えた。

代わりに別のウインドウが開かれ、そこには『水×一』と表示されている。

タップすると、『取り出す』と『削除』の選択肢が出てきた。

試しに道端にあった草と石をウインドウに通してみる……が、それらはウインドウを素通りしてしまう。

どうやらこのストアで買った物しか収納することはできないらしい。

「それでも十分便利な能力には変わりないな。よし、能力の検証も終わったことだし、いよいよ異世界の街へ向かうとするか。あ、でもその前に服装を現地に合わせたほうがいいよな……あれ？」

視線を下に向けると、服装が変わっているのに気付く。

上は襟付きのシャツと上着で、下は茶色のズボン。ズボンはベルトではなく、ずり落ちないよう紐で固定されている。

材質は絹ではなさそうだが……よくわからん。

羊毛か、異世界の生物の毛で編まれているのかな。

目も粗いようだし、ちょっとごわごわしているから、正直着心地はそれほど良くない。

でも、きっとこれがこの世界の標準的な服装なのだろう。

ポケットの中を弄ると、この世界のお金と思われる金貨に銀貨、銅貨が入っていた。

神様、気が利き過ぎだろ！

そういえばこのストアにチャージされているお金って補充できるのかな……

試しに銅貨をストアのウインドウに通してみる。

すると残高に表示される額が、百万円に戻った。

どうやらこちらの世界のお金をウインドウに入れると、ストアの残高が増えるらしい。

ってことは、あの銅貨は百円相当ってことか。

しかし、チャージした金額を逆に銅貨にすることはできないみたいだ。

間違えて全部ストアにチャージして、こちらの世界のお金がない、なんてことにならないように注意しないとな。

「なんにせよ、これならすぐに街へ入っても大丈夫そうだ。何をするにしてもまずは情報集めからだな。いざ、異世界の街へ！」

◆　◇　◆

少し歩くと、遠目に大きくて高い壁が見えてきた。

あれが神様の言っていた、近くにある大きな街なのだろう。

高い壁の周囲を回り、街への入り口を探す。

どうやらかなり大きな街みたいで、入り口へ辿りつくまでにだいぶ時間が掛かってしまった。

そこでは検問が行われているようで、十人ほど並んでいる。

列に並び、十分ほど待って、いよいよ俺の順番がきた。

周囲を見るにこの世界の人たちも同じような服装だし、おかしく思われないと信じたい。

「通行証を提示せよ。なければ通行税として銀貨三枚を徴収する」

どうやら神様からもらったこの世界の言葉がわかる能力は正常に機能しているようだ。

門番の話す言葉が、しっかりと日本語で聞こえてくる。

なるほど、街に入るためには通行税が必要なのか。

危なかった。神様からこの世界のお金をもらっていなかったら、速攻で詰んでいたところだ。

「通行証はないから、通行税を払いたい」

「うむ、ではそちらで支払いを行うように」

銀貨を三枚渡すと、あっさりと「通ってよし」と言われる。

鎧と槍で武装した、屈強な門番たちの間を通り、街の中へ入る。

「おお～！」

城壁の中には、『これぞ異世界』って感じの景色が広がっていた。

門の前には、大勢の人々や荷馬車が行き交う広い道があり、それを挟んだ向こう側には中世ヨーロッパを思わせる建造物がいくつも建っているのだ。

人々の格好も様々。大きな荷物を背負った商人に、農作物をたくさん持った農民、プレートアーマーを身に着けた……あれは騎士か冒険者か？

そして、道を歩いているのはただの人だけではない。頭から耳を生やし、長い尻尾をパタパタと振っている猫の獣人、ほとんど犬の姿のまま二足歩行しているような犬の獣人、毛むくじゃらで髭面の少し背の低いドワーフなどなど……様々な種族が、この街には住んでいるようだ。

「これはテンションが上がるな！　さて、これからどうしようか。とりあえず情報収集をするなら、まずはあそこからだな！」

というわけで、まず市場にやってきた。

元の世界で海外旅行に行った時もそうだったが、大きなスーパーとかに行ってみると、大体の物の値段やその国の文化などがわかるんだよな。

「安いよ安いよ～！　ほらそこの兄ちゃん、ちょっくら見ていってくれよ！」

「そこの綺麗なお嬢さん、うちの店のアクセサリーなんてどうだい！　その美貌が更に引き立つこと間違いなしだ！」

周囲からはそんな声がひっきりなしに聞こえてくる。

なかなか活気のある市場みたいだ。

このあたりは露店が多く立ち並ぶ区画で、奥は屋台街になっているんだな。

とりあえずいろいろな物の値段をチェックして、だいたいの相場を調べてみた。

そうしてわかったのは、金貨一枚を日本円に換算すると一万円ほど、銀貨一枚は千円くらいになるらしいということ。

まぁ、大雑把な理解ではあるが。

俺の残りの所持金は、金貨十枚と銀貨二枚と銅貨五枚――日本円にすると十万円とちょっとというところだ。

うーん、一から生活を築いていくことを考えると、少し心許ないな。

とはいえ、ストアに百万円分チャージされていて、そこからでも食料や飲み物を調達できることを考えれば、しばらくの間はもつだろうが。

あと、文字も異世界の言葉なのに、日本語として頭に入ってくるということがわかった。

そんなことを考えていると、横合いから声をかけられる。

「そこの格好いい兄ちゃん、ワイルドボアの串焼きはどうだい！　一本銅貨五枚だぜ！」

そう言って串を差し出してくるおっちゃんの笑顔は、とても眩しい。

露店を一通り見て回って、今は屋台街にいる。

ちょうど小腹も空いていたところだし、食べてみるとするか。

お世辞とはいえ、『格好いい兄ちゃん』と言われて悪い気はしないし。

……我ながらチョロいな。

「それじゃあ、串焼きを一本くれ」

「はいよ！　兄ちゃん、ここら辺じゃ見かけない髪の色をしているな。遠くの国から来た旅人か？」

「ああ、ついさっきこの街に着いたんだ。やっぱりこの国じゃ黒髪は珍しいのか？」

「まあ少ないってだけで、全く見ないわけじゃない。それにこの街には兄ちゃんみたいな黒髪の人族より珍しい種族が大勢いるから、そんなに気にすることねえと思うぞ。ほれ、串焼きお待ち！」

「お、美味そうだな。ありがとう」

確かに市場を回っていた中でも、黒髪はあまり見なかったな。

金髪か茶髪の人族が多い。

黒髪が厄災の証とか言われる世界じゃないのは、助かった。

そんなことを考えつつワイルドボアの串焼きにかぶりつくと、熱々な肉の脂が口中に広がっていく。

シンプルに塩のみの味付けだが、肉自体がかなり美味しいので、全然アリだな。

これで五百円くらいなら、だいぶお買い得な気がする。

そうだ、せっかくだし今のうちにキャンプ場作りに必要なことを聞いておこう。

「ところで、この街で商売をするにはどうしたらいいか、教えてくれないか？」

「兄ちゃん、ここで商売を始めるのか。それなら商業ギルドに行って、そこで手続きをする必要があるぞ」

「おお、ありがとう。行ってみるよ」

串焼きを平らげ、おっちゃんに商業ギルドへの道を聞いてから俺は歩き出す。

◆◇◆

少し歩いて、商業ギルドへ。

商業ギルドは他の建物に比べて一際大きいので、一目でそうだとわかった。

早速中に入り、受付へ。

『キャンプ場』という概念がこの世界に広まっている可能性はなかなか低そうなので、シンプルに商売の始め方を聞く。

男性の職員は、優しく丁寧にいろいろと教えてくれた。

彼が言うには、次のような取り決めがあるらしい。

立ち売りや露店など、店を構えない形で物を売る場合には一日毎に決まった金額を納めればよいが、店を構える場合には商業ギルドに登録する必要がある。そして、この街の外に宿泊施設を作る場合にも、その土地がこの街の管轄内であれば商業ギルドに届け出なければならない、とのこと。

ひとまず、難しい資格を取得したり高い税金を納めたりしなくてはならないとかではなく、本当に良かった。

それからもこの街での商売について詳しく質問をしていたら、すっかり遅くなってしまった。

最後におすすめの宿を聞いて、俺は商業ギルドをあとにする。

今俺は、宿の自室にてベッドに仰向けの状態で寝っ転がっている。

宿の一階にある酒場で酒を飲みつつ、晩飯を食べて今さっき戻ってきた。

その代金と、宿の宿泊代である銀貨五枚を合わせて、結局今日使った金額は金貨一枚分くらい。

神様からもらったお金はまだまだあるが、早めに行動を起こさないと、いずれ金が尽きる。

さて、明日からはどうするかな。

神様からもらったこの能力を活かせば、楽にお金を稼ぐことができそうなのはわかるから、そんなに焦ってはいない。だが、やはり俺は長年の夢だったキャンプ場作りをしてみたい！

俺は昔からキャンプをするのが大好きだった。

そしていろんなキャンプ場に足を運ぶうちに、自然と自分のキャンプ場を持ってみたいと思うようになったのだ。

キャンプ場を訪れた人に楽しんでもらい、尚かつ自分もキャンプをしながら楽しみたい。

日々をのんびり過ごしながら、美味い物を食べて過ごす――そんなスローライフが俺の理想だ。

「しかし、俺一人じゃ絶対に無理だな」

物資はストアを通じて手に入れることができるが、明らかに人手が足りないのはわかる。

日本でキャンプ場を作るのなら、業者に頼み、管理棟やトイレなどを建てようと思っていたが、こっちじゃそうもいかんだろう。それに、いくら結界があるとはいえ、まだまだ未知なこの世界を一人で開拓するなんて、怖くてできん。

聞いた話だと、街の外には普通に魔物や盗賊が出没するらしいし。

結界の中で暴力は振るえないとはいったって、こっちにも攻撃手段がなくて倒せないから、安心はできないものな。

「まずは護衛がほしい。それと大工仕事が得意で、設備を作れる人材も必須。よし、明日は冒険者ギルドに行って、どれくらいの費用で人を雇えるか見てみよう」

商業ギルドで聞いた話によると、この街では求人情報は冒険者ギルドに集まるって話だ。

あとやるべきことは……そうだ、ストアの能力で何を買えるか、詳しく見ておこう。

人を雇うに際して元手が足りなければ、この街で日本の物を売ってお金を稼がなくてはならないかもしれないしな。

俺はストアを起動し、ページをスクロールし始めた。

第二話　ダークエルフとの交渉

翌朝。

まだそれなりに早い時間ではあるが、冒険者ギルドにやってきている。

それにしても異世界に来てから初日の夜かつ、たいして柔らかくないベッドなのに、ぐっすり眠れてしまったな。我ながらなんと神経の図太いことか。

それはさておき、冒険者ギルドに入るのは、やや緊張する。

だって、異世界ものだと冒険者ギルドで絡まれるのがテンプレだし……いや、そんなことを考えて躊躇っていても仕方ない。

カランッ、カランッ。

ドアを開けると、視線が俺に集中するが、それも一瞬のこと。

どうやら冒険者に絡まれるイベントは発生しなかったみたいだ。

服装を見て、依頼人だとわかってもらえたのかもしれない。

改めて周囲を見回す。

ごつい鎧を着込んで大きな剣を携えた剣士、高価そうな水晶がついた杖を持つ黒いローブを羽織った魔法使い……ここにいる人々も、まさにファンタジー世界の住民って感じだ！

「おお〜こりゃすげえ！」

思わず声が漏れてしまった。

それほどまでに、この光景にはぐっとくる物がある。

だが、感動している場合ではない。明確な目的を持ってここにやってきたからな。

とりあえず中を回ってみるか。

壁伝いに歩いていると、早速コルクボードに依頼の紙がいくつか貼られているのを発見する。

採取の依頼からワイルドボアの討伐依頼……おっと、定番のゴブリンの討伐依頼とかもある。

だが、冒険者になる気のない俺には関係ないか。

で、隣にあるもう一枚のコルクボードに貼られているのが、護衛などの依頼だな。

どうやら、主にC、Dランク冒険者を対象としているらしい。

『ロウアンの街までの護衛依頼　一人一日金貨三〜五枚　三人以上のパーティ限定』、『ソータンの街までの護衛依頼で馬車二台込み　一日金貨四枚以上保証　食事付』か。

う〜ん、一日あたり三〜五万円もかかるのか……いや、命がかかっているわけだから当たり前と言えば当たり前なのかもしれない。となると困った。今の俺の所持金では数日しか雇えないぞ。

やはり金を稼ぐことから始めないと駄目か……

そんなことを考えていると、冒険者ギルド中に大きな声が響き渡る。

「パーティを抜ける!?　本気で言っているのか？」

声のしたほうを見てみると、何やら四人の冒険者が言い争いをしているようだ。

「おいおい、Aランク冒険者パーティの『深淵の影』じゃねえか⁉」

「『黒妖の射手』が抜けるらしいぞ！　うちのパーティに入ってくれねえかな」

周囲の冒険者の言葉を聞くに、どうやら有名な冒険者パーティのメンバーが一人、パーティを抜けようとしているらしい。

高ランク冒険者パーティねえ。さっきの護衛依頼はC、Dランク冒険者を対象としていたが、Aランク冒険者なんかを雇おうとしたら、一日金貨十枚以上必要かもな。

「なんとか考え直してくれないか、ソニア」

いかにも冒険者といった服装の人族が問いかける先には、ファンタジー小説などで見かけるダークエルフその物って感じの女性が立っている。

後ろに纏められた美しく輝く金色の髪、透き通った宝石のような碧眼。そして肌は浅黒く、長い耳の先は尖っている。

「なあ、考え直してくれよ！　今日まで楽しくやってきたじゃないか」

「そうよ、もっと一緒に冒険しましょうよ！」

「ああ、俺たちならまだまだ上にあがれるぞ！」

そう言い募るパーティメンバーに対して、ソニアと呼ばれたダークエルフは困ったように笑う。

「ありがとうございます。私も皆さんと冒険するのはとても楽しかったですよ」

「だったら……」

最初に大きな声を上げた男がそう食い下がろうとするが、ソニアさんはぴしゃりと言う。

「すみません、私はそろそろゆっくりとした生活を送りたいのです。だいぶお金も貯まりましたし、しばらくは依頼も受けずに美味しい物でも食べ歩いて、のんびりと過ごそうと思います」

「そんな……まだパーティを組んでから数年しか経っていないのに……」

「俺たちがAランク冒険者まで上がれたのはソニアがいてくれたお陰だ。ゆっくりとした生活なんて、もっと歳をとってからすればいいじゃないか！」

「そうだ、俺たちはまだ若いし、引退なんてもってのほかだろ！」

パーティメンバーはソニアさんを引き留めるための言葉を口にする。しかし――

「私は既に冒険者として百五十年は活動してきました。若いあなた方と違って、そろそろ引退してもいい歳です」

「「「…………」」」

パーティメンバーは、口を閉ざしてしまった。

当然、そんなやり取りを見ていた俺も、とても驚いていた。

あんなに若くて綺麗なダークエルフのお姉さんが百五十歳を超えているだなんて……

ソニアさんはふっと笑う。

「ふふ、引退するというのは冗談ですよ。本当に大変な依頼があったら手伝いますし。ただ、数十年くらいのんびりしようと思っているだけです」

数十年て!?　この世界の長命種族の感覚はすごいな。

「……はあ。ソニアが言い出したら聞かないことはわかっているよ。だけど俺たちは待っているからな！」

「ああ、いつでもパーティに戻ってきてくれよ！」

「うう……もっと一緒に冒険したかったのに」

そう口々に言うパーティメンバーに、ソニアさんは頭を下げる。

「皆さん、今まで本当にお世話になりました。これからの活躍を、心から応援しております」

どうやら円満に冒険者パーティを抜けることが決まったらしい。

とはいえ、さすがにこの空気の中でソニアさんを自分のパーティに勧誘するハートの強い冒険者はいないようだ……ん、待てよ。

もしかしてこれってチャンスなんじゃないか？

目の前にはスローライフを望んでいる高ランクの冒険者。そしてキャンプ場を作るために人手が必要な俺。もし魔法が使えるなら、土魔法とかでキャンプ場を作る手伝いをしてもらうくらいで、仕事量はほとんどないだろうし……のんびりした生活を提供できるはずだ。

しかし問題は、彼女を雇うお金がないということだ。

Aランク冒険者を雇う依頼料は相当高額になるに違いない。

だが、彼女の言葉を聞くに、交渉の余地はあるかもしれない。

ソニアさんは冒険者ギルドをあとにする。

俺は大急ぎで交渉の準備をして、彼女を追いかけるように外へ飛び出す。

幸い、冒険者ギルドを出てすぐのところに、ソニアさんはいた。

「ソニアさん、ちょっと待ってくれ！」

金色のポニーテールをなびかせながら、俺のほうを振り向く、美しいダークエルフ。

やべ、近くで見たら本当に綺麗だ。

元の世界でも、こんな綺麗な人と話す機会なんてなかったから少し緊張する。

「すまない、さっき冒険者ギルドで話していたのを聞いていた。美味しい物を食べてのんびりと過ごしたいと言っていたな。それを踏まえてあなたに依頼したいことがあるんだが、少しだけ話を聞いてくれないか？」

ソニアさんは怪訝な目で俺を見てくる。

見ず知らずの男がいきなり話しかけてきたら、そりゃ警戒するか。

やがて、彼女は口を開く。

「……はあ。私は今、忙しい冒険者稼業からようやく解放されて、とてもよい気分なのです。何を企んでいるのかわかりませんが、さっさと立ち去りなさい。残念ですが、あなたのようなしょぼい人族がする話には、かけらも興味を惹かれません」

ひどい!!　しょぼいなんてあんまりじゃん……

さっきは丁寧な人だなーって思って見ていたけど、このダークエルフさん、口が悪いぞ。

「……なあ、そう言わずに、少しでいいから話を聞いてくれないか？」

「しつこいですね。いい加減にしないと衛兵を呼びますよ」

駄目だ、どうやら全く俺に興味がないらしい。

ならまずは、こちらから俺の話を聞くメリットを提示する必要性がある。

「わかった。それじゃあこのお菓子を食べてみてくれ。もし俺の話を聞いてくれたら、依頼を受ける受けないにかかわらず、これを十個やる」

交渉の準備とは、実はこれのこと。

元の世界のお菓子――チョコレートを、ストアで購入していたのである。

ストアでリュックを買い、そこにチョコレートをはじめ、いろいろな物を詰め込んだ。

「はあ……言っておきますが、私は冒険者として多くの地を巡り、様々な美食を味わってきました。そんな私がこんな小さな菓子を食べただけで、話を聞くとでも？」

「ああ。それを食べて興味がないと言われたら、俺も諦める。一口だけでいいんだ。頼む！」

「……毒は入っていないようですね。まあ仮に入っていたとしても解毒魔法が使えるので、問題ありませんが」

……物騒だな。もちろん毒なんて入っていない。

とはいえ、見知らぬ怪しい人（ソニアさん目線）から渡された物を無警戒に食べる人もいないか。

そういう意味では、彼女が解毒魔法を使えて助かったとも言える。

ソニアさんは、警戒しながらも、チョコレートを口へと運ぶ。

「…………わかりました、話だけは聞きましょう」

「よっしゃあ！」

ひとまず第一段階はクリアした。

昨日この異世界の市場や屋台を回ってみて、甘味が全く売っていないことに気付いた。

砂糖や蜂蜜などを安く普及させるのは結構大変なのだろう。

たとえソニアさんがこの世界のいろいろな地を巡っていたとしても、さすがにチョコレートは食べたことがないか、あったとしてもこれほどの量の砂糖が使われていないのではないか。そう推測していたのだが、当たりだったな。

俺は言う。

「それじゃあ、一旦場所を変えよう」


近くにある屋台街へやってきた。

そこには机と椅子がいくつか置かれた場所がある。恐らく、飲食スペースとして使われることを想定しているのだろう、
とはいえ何か商品を買っていなければ席を利用してはならないという取り決めもないようなので、俺は手近な椅子に腰を下ろす。

ソニアさんも、机を挟んで向こう側に座った。

「……それで、私に依頼したいこととはなんですか？」

「実はこれから、訪れた人が安全にのんびりと過ごすことができる宿泊施設を作ろうと思っているんだ。そのための候補地を見て回りたいんだけれど、俺の戦闘能力は皆無だから、護衛を頼みたい。それと、もし土魔法とかが使えたら整地とか、開拓作業を手伝ってもらえるとさらに助かる」

「なるほど、確かにその程度なら大した労力にはなりませんね。私は土魔法と風魔法が使えますから、開拓の役にも立てます。それで、依頼料はいくらになりますか？」

「えっと……ちょっと今、手持ちがないんだ。さっき冒険者ギルドで聞いていたが、美味い飯に興味があるそうじゃないか。ソニアさんが食べたこともないような食事を毎食提供するというのは報酬にならないかな、と」

　実際のところ、今の俺に出せる報酬はこれくらいしかない。

　ストアで買った物をこの街で売って依頼料を稼ぐにしても、実際に売れるかは不明だし、時間だってかかる。

「……確かに先ほどもらったお菓子は非常に美味しかったのですが、依頼料も出せないとなりますと、それ相応の食事でないと納得できませんよ」

　おっ、少し食いついてきた！

　逆に、ソニアさんが納得するような食事を提供できれば納得してもらえるってことだもんな。

「それじゃあ、今度はこれを食べてみてくれ。ちょっとカロリーが高いから毎日は出せないが、気に入ってくれたなら数日に一度はこれも付けよう」

　俺はリュックから、切り札を取り出す。

　ソニアさんはそれを見て、首を傾げる。

「……これはなんとも美しいですね。本当に食べ物なのですか？」

「ああ、これぞ俺の故郷で有名な菓子の一つ、フルーツタルトだ！」

もちろんこれも、事前にストアで買った物だ。

どのケーキにするか迷った挙句、味だけでなく、見た目がとても美しいフルーツタルトにしてみたのだが……興味は惹けたようだな。

「美しい果物がたくさん載っているのですね。それでは失礼していただきます……ふわっ⁉」

今の今までずっと澄ましていた彼女の顔が、初めて驚きと幸せの色に染まっていく。

それから、手を止めずにフルーツタルトをあっという間に食べ進めるソニアさん。

うん、これだけ美味しそうに食べてくれると、見ているこっちまで気持ちいいな。

フルーツタルトをペロッと食べ終えたソニアさんは、口元を拭きながら言う。

「……コホン、ご馳走さまでした。それでは毎日の食事とこのフルーツタルトを二日に一度いただくという契約で、あなたの護衛と開拓作業の手伝いを請け負います。ちなみに依頼料が金銭ではない場合、冒険者ギルドを通す必要はありません」

……フルーツタルトを渡す頻度が勝手に数日に一度から、二日に一度にされているし！

まあ、別にいいんだけど。

むしろ、それほどまでに気に入ってくれたのならよかった。

「ああ、それで頼む！　よろしくな、ソニアさん！」

「ソニアで構いませんよ。あなたのお名前をお伺いしてもよろしいですか？」

「そういえば名乗っていなかったな。俺はユウスケだ。俺も呼び捨てでいい」

「ユウスケですね。それではユウスケ、美味しいご飯を期待しておりますよ」

ニッコリと笑った彼女の顔は、なかなかの破壊力を持っているな。

そしてソニアは、頭を下げる。

「そういえば先ほどは大変失礼しました。種族柄、不逞（ふてい）の輩（やから）に声をかけられる機会が多く、警戒していたのです」

「ダークエルフが珍しいってこと？」

「そうですね。珍しい種族を連れ歩き、周囲に自慢したいと思う輩はそれなりにいますから。そういえば黒髪の人族もここら辺では珍しいです。東の国には多いらしいのですが」

「へえ～そうなんだ。珍しいのは知っていたが、東に多いってのは初耳だ。それにしても珍しい種族っていろいろと大変なんだな。そうか、それでわざと『しょぼい』なんて悪態をついて、俺を追い払おうとしたんだな」

「…………え、ええ、その通りです」

「それは本音だったんかい！」

思わず叫んでしまう俺だった。

◆　◇　◆

結局、きっちり契約書まで書かされた。

このダークエルフさん、たまに毒を吐くが性格は真面目（まじめ）っぽい。

契約内容はほとんど先ほどソニアが言っていた通りだが、『一週間毎に互いに契約を打ち切れる』という条項が追加された。

少なくとも俺のほうはキャンプ場ができるまで契約を打ち切る気はないが、こっちが契約を切られることのないように美味い飯を作らないといけないな。

ともあれソニアと無事契約を結べたので、早速キャンプ場をどこに作るか決めるべく、街の外に出た。先日商業ギルドに行った際に、いくつか良さそうな場所を教えてもらったので、それを巡るような形だ。

その道中、俺の結界とソニアがどれだけの実力を持っているか確認しておこうという話になった。

ソニアは弓をメイン、剣をサブの武器として使っており、それと魔法攻撃を組み合わせて戦うらしい。

というわけで、離れたところから、俺の隣にある結界を張ったペットボトルに向かって矢を射てもらうことにした。

なんとなく、俺を中心にしてペットボトルまで結界の範囲内に入れる——よし、準備はできた。

「それじゃあ頼む」

「わかりました。いきますよ」

そう言いながらソニアは矢を引き絞り——放つ。

シュ！

鋭い音とともに、矢は物すごい勢いでペットボトルへと迫るが……

「おお、ちゃんと結界が機能した！」

「……まさか本当に攻撃が通らないとは。それなのに、魔法を使用している気配すらありません。結界ですか……初めて見ますが、なんとも興味深いですね」

ソニアとペットボトルの距離はかなり離れていたが、彼女は一発で見事に的中させた。

いや、その表現は間違いか。

弓矢はペットボトルに当たる直前で何かに阻（はば）まれたかのように止まり、そのまま地面に落ちてしまったのだから。

「……すみません、もう一度だけ試させてもらえますか？　今度は本気でいきます」

「ああ、いいぞ。それじゃあ俺はもっと離れたほうがいいな」

「いえ、絶対に外さないのでそのままの位置で大丈夫ですよ。むしろユウスケの頭の上に置くとかどうです？」

「そこまで信用できんわ！」

出会ったばかりのソニアの腕（うで）も、一度しか試していない俺の結界も、まだそこまで信用できない。

Aランク冒険者の本気なんて、どれほどの威力があるのかわかったものではない。

万一当たってしまったら死にかねん。

さっきよりもペットボトルとの距離を空ける。

「……風の戦鎚（せんつい）」

「おいおい、マジかよ……」

俺は思わずそう呟く。

だって、弓矢の先に風が集まっていくなんて光景、現実離れし過ぎている。

「穿て！」

そう声を上げつつ、ソニアが風の魔法を付与した弓矢を放った瞬間、周囲の草や木が消し飛んだ。

「おまっ……なんてことしやがる！　俺を殺す気か⁉」

直撃すれば、間違いなく俺はコマ切れになっていただろう。

だが幸い、ソニアの全力よりも、神様からもらった結界の能力のほうが優れていたようで、俺もペットボトルも無事だ。

「……さすがにこれはショックですね。まさか傷一つ付かないとは……というか今更ではありますが、この的も見たことがない、透明な素材でできているんですね。本当に謎が多いです」

ソニアはそう口にしながら、ペットボトルを手に取り、ベコベコと音を鳴らしている。

ショックを受ける前に、まず俺に謝れ！

そう言いたくなるが、能力を試すことには反対していなかったので、ジト目を向けるだけに留める。

「……よくそれを俺の頭の上に置こうだなんて言ったよな」

「さすがに冗談ですよ。本気で頭の上に置こうとしていたら止めていました。まあこの結果を見るに、頭の上に置いたところで傷一つ付かなかったでしょうけれど」

……本当だろうな？

疑いの眼差しを向けていると、ソニアは話題を変える。

「ユウスケは、冒険者になろうとは思わなかったのですか？　これだけの力があれば、すぐにAランク冒険者になれると思いますよ」

「……いや、この力は防御にしか使えないんだ。それにたとえ力があったとしても、俺は冒険者をするより、のんびりと過ごしたい」

「気持ちはわかります。冒険者はお金を稼げますが、高ランク冒険者になれば、命が危険に晒されることもありますし、何よりとても忙しくなります。私もそれが嫌で、パーティを抜けましたし」

「そういうことだ。つまり、俺もソニアと一緒でのんびりとしたスローライフを送りたい同志。そのためにも、最初は少しだけ頑張らないとな！」

俺が胸を張ってそう言うと、ソニアは溜息を吐く。

「……その歳でのんびりとした生活を目指すとは、なかなか怠惰ですけれどね」

「はっはっは、人生楽しんだ者勝ちだ！　なんとでも言うがいい」

「怠惰で怠慢で怠け者で、だらしない無精者ですね」

「そこまで言う⁉」

何？　全力を出してもペットボトルを壊せなかったことへの八つ当たりなのか⁉

やっぱりこのダークエルフ、口悪ぃ！

◆　◇　◆

俺の結界の能力も、ソニアの腕も確認することができたので、一安心だ。

俺らの力を合わせれば、道中で魔物や盗賊が出たとしても、問題なく撃退できるだろう。

目下の不安が解消されたので、さほど気を張ることもなく、候補地までこの国のことなどをソニアに聞きながら移動した。

彼女曰く、このあたりは治安も良く土地も豊かで、過ごしやすい場所のようだ。

冒険者として様々な場所を旅したソニアの言うことだし、信憑性はある。

ひとまず、キャンプ場を作って問題なさそうな場所で良かった。

さすがに紛争地域とか貧困な地域にキャンプ場を作っても、誰も来ないだろうし。


そんな話をしている内に、一つ目の候補地に到着した。

街から三時間ほど歩いたところにある、近くに大きな川がある平地だ。

キャンプ場は、山や海や川などが近くにあると、自然を感じられて尚よいのだ。

「なかなかいい場所ではないでしょうか。川も近いから涼しいですし、元々平地なので整地の手間もだいぶ省けますよ」

ソニアはそう言うが、俺は顎に手を当てる。

「……確かに悪くはない。だけど、少し川から近過ぎるんだよな。大きな川だから、これだと大雨が降って氾濫したら危ない。あと、日差しを遮る物が何もないから、夏場は結構暑くなってしまいそうだ。さすがにそのために今から木を植えるのも難しいし」

「なるほど、いろいろと考えるべきことがあるのですね」

「まあ全てが理想通りとはいかないだろうし、どこかで妥協しないといけないんだけどな。とはいえ、少なくとも候補地は全部回ってみようと思っている。悪いが数日は付き合ってもらうことになるが、大丈夫か？」

「ええ、構いませんよ。ユウスケが契約通り美味しいご飯を作ってくれるのなら、ですけどね」

「任せておけって。お、そろそろ昼だな。ちょうどいい。ここで昼食を摂ろうか」

俺はそう言うと、川の近くまで行き、ストアを起動して食材を購入し始める。

すると、ソニアが興味深げに聞いてくる。

「……これは、収納魔法ですか？」

「まあ似たような物だ。俺のは特定の物しか入れられないけどな。やっぱり収納魔法って珍しいのか？」

「魔法をある程度極めた者なら使えますよ。現に私も容量は小さいですが、使えます。とはいえ、収納魔法が使えるほど魔法に長けているのは、長命な種族がほとんどです。ユウスケのような若い人族が使えるのは稀ですね」

……そりゃソニアに比べれば若いだろうけれど、人族の基準では三十代は別に若くないぞ。

というか、改めてだが、ソニアって百五十歳をとうに超えているんだよな。

人族で考えたら、おばあちゃんどころの騒ぎじゃないわけだが……

「……何か失礼なことでも考えていませんか？」

図星を指されて、俺は思わず口ごもってしまう。

「い、いや、そんなことないぞ。それよりもこの魔法に関しては、口外無用で頼む」

「なんだか誤魔化(ごまか)された気もしますが……まぁ、いいでしょう。もちろん他人には言いませんよ」

「それじゃあ悪いが昼飯を作るまで待っていてくれ。これに座っていれば疲れないはずだ」

リクライニング機能付きのアウトドアチェアを購入して、地面に置く。

キャンプ用の椅子の中でもリクライニングできる物はそこそこ値段が張るが、どうせこれから使う機会は多いだろうし、先行投資ってやつだ。

前にキャンプ用品店で座り心地を確かめたことがあったのだが、本当によかったんだよな。

なかなか大きいため持ち運びが難しいから、前世では買うのを断念したが、ストアで買った物は収納することができるから、その点も問題ない。

ソニアは早速、アウトドアチェアに座ると、満足げに言う。

「……これはとても素晴らしい椅子ですね。もたれかかると自動で後ろに倒れてくれるのですか。私も欲しいのですが、どこで売っています？」

リクライニング機能で、ちょうどいい角度を探るダークエルフさん……なかなかシュールな図だ。

「すまないが、これは売り物じゃないからどこにも売っていない。俺の故郷でしか作られてないんだ」

嘘は言っていない。さすがに異世界のことを言っても信じてもらえないだろうし。

「……むう、それは残念です。では金貨三十枚ほどで売ってくれませんか？」

金貨三十枚ということは、ざっと三十万円くらいか……えっ、マジ？

この椅子は定価一万円くらいだから、三十倍だぞ⁉

「……う～ん、悩むところだけれどやめておくよ。もし本当にお金が足りなくなったら頼むかもしれない」

あまり元の世界の物をこの世界にばら撒くのはよくないと思い、なんとか思い留まる。

出所が俺とわかれば面倒なことになることは間違いないからな。

とはいえ、お金が足りなくなったら迷わず売ってしまうのが容易に想像できてしまうが。

それはともあれ、昼飯は何を作ろうかな。

ソニアの好みは、まだあまりわからない。

それに、いきなり凝った物を出すと、次からのハードルが上がり過ぎてしまうだろうし……

ここは、定番のあれでいきますか。

五分後、昼食の準備が終わったので俺は口を開く。

「よし、できたぞ。適当に焼くから適当に食べてくれ」

「……ただ肉や野菜を焼くだけですか？」

それがバーベキューという物だが、その文化が根付いていなければ手抜きだと捉えられてしまっても仕方ない。

だが、河原のそばで食べるキャンプ飯と言ったら、これだろ。

……とはいえ、バーベキューコンロや炭や着火剤等、そこそこ出費がかさんでしまった。

この調子でいくと百万円なんて、あっという間に消えてしまいそうで怖い。

「ただ焼くだけじゃないぞ。これを見ろ！」

俺はそう言って、ある物をソニアの前に掲げる。

「……なんですか、これは？」

「これは俺の故郷で作られた秘伝のタレだ。名を『金色の味』という。なんでも付けた物が金色に輝いているかの如くゴージャスな味になるという、由緒正しきタレだ」

当然、適当だ。たぶんそんな由来ではないと思う。

だけど、美味いことには変わりないから、細かいことはいいんだよ。

ソニアは目を細めて、金色の味を観察している。

「金色の味、ですか。確かに見たことのない色をしています。わかりました。そこまで言うのなら試してみましょう！」

昨日この世界の市場や屋台で売っていた料理の味付けは塩ばかりで、醤油や魚醤を使った物は見かけなかった。

それに対して焼肉のタレは醤油や果実、香辛料などがしっかり使われている。

気に入らないわけがない！

そんな俺の思惑通り、ソニアはフォークを手に取り肉をタレにつけて食べると、目を見開く。

「素晴らしい！　確かにこれは金色の味ですね。様々な食材が複雑に絡み合い、甘辛く纏め上げられている……このタレを付けることで、肉の味が数段引き上がったのがわかります！　この甘みは果実……そして、辛み成分は香辛料でしょうか」

……さすがに百五十歳を超えるだけあって、舌はだいぶ鍛えられているようだな。

金色の味をここまで分析している人、初めて見た。

「本当は肉や野菜だけじゃなくて魚や貝も焼きたかったんだけど……予算的に、また今度だな」

そんな俺の言葉を聞いたソニアが、自分の膝(ひざ)に拳を振り下ろす。

「……それならそうと先に言ってください。言ってくれれば私の分だけ食材を買ってきましたのに！」

確かに先に言っておいてあげたほうがよかったたか……って、自分の分だけなんかい！

俺の分も一緒に買ってきてくれよ！

「……そうかいそうかい。最初にも言ったが、お金に余裕があるわけじゃないから、俺が報酬として提供できるのは、一人前だけだ。それは了承してくれ」

「……はあ、わかりました。それ以上に食べたい場合は、私から食材を提供しましょう。だから食材がないからという理由で、食事を妥協することは許しませんよ？」

「……あ、はい。ありがとうございます」

思わず敬語で返事する俺。

ソニアから、今までに覚えがないほどの圧を感じたのだ。

どれだけ食事に関して本気なんだよ……

そう思っていると、ソニアの正面に黒い渦のような物が現れた。

彼女はその中から、見たことのない魚や貝を取り出して、渡してくる。

「とりあえず追加で、これも焼きましょう」

「わかったけど……これが収納魔法か？」

「はい。それほど容量は大きくないですが、劣化することなく保存できるので、すぐに傷んでしまう食材なんかも長期保存できるんです」

「そりゃ便利だな！」

驚きつつも、俺は渡された魚や貝を焼き始める。

三分ほどで、大分火が通った。

せっかくなら――

「海鮮系には、これだな」

「それはなんですか？」

「これは醤油といって、俺の故郷の調味料だ。豆を発酵させて作る物なんだが、魚や貝によく合うんだよ」

「そうなんですね！　初めて見ましたが、ユウスケが言うのなら、美味しいのでしょう」

魚や貝に醤油を垂(た)らす。

すると、ジュウジュウと醤油が焦げる音と、いい匂いがしてくる。

「うーん、いい匂いだ！　これは酒が飲みたくなるな！」

そう口にしながら、魚や貝を取り分け、ソニアに渡す。

俺も食べてみると……

「美味い！」

もしかしたら、結構お高い食材だったのかもしれない。

くそ、絶対にビールが合うんだが、さすがにこのあとにも候補地を回らなければならないので、酒を飲むわけにはいかない。

「……この調味料、素晴らしいです。豆からこんな物ができるなんて、信じられません……」

うん、醤油も気に入ってくれて良かった。


河原でバーベキューを楽しんだあと、立て続けに他の候補地を二カ所回る。

二つ目の候補地は山の中にあった。

思ったよりも傾斜(けいしゃ)がきつく、建物を建てたりテントを張ったりするのはなかなか難しそうだ。

近くにある川の広さが理想的だっただけに、残念だ。

三つ目の候補地は小さな湖(みずうみ)のほとり。

場所自体はなかなか良かったのだが、そこに行くまでの道のりがかなり険(けわ)しく遠いため、お客さんを呼ぶのに相当骨(ほね)が折れそうだ。

この世界の基本の移動手段である馬車は、ある程度道幅があり舗装(ほそう)されていないと通れないかな。

俺は言う。

「今のところ、最後に見たところが一番よかった気がするな。でもさすがに道を作るとなると、かなり手間がかかりそうだ」

「さすがに一から道を作るのは骨ですね」

「まぁ残りの候補地次第って感じかな」

残る候補地は二つ。どちらも今日回った候補地と街から見て反対の方角にあったため、一度街に帰って明日見て回ることになっている。

「さて、それじゃあ宿に戻ったら晩飯にするか。何が食べたい？」

「そうですね……やはり肉がいいです。で、昼食の時のように未知の物を味わいたいです」

「ソニアが知らない味か……わかった」


街に戻ってきた。

晩飯を一緒に食べる関係で、今日はソニアも俺と同じ宿に泊まっている。

ソニアが宿の調理場を貸してほしいと頼んだところ、宿の人は二つ返事で了承してくれた。

どうやらソニアはこの街でかなり有名人らしいのだ。

晩飯はソニアの部屋に持っていくことにして、俺は調理場へ。

三十分ほどで晩飯を作り、ソニアの部屋を訪れる。

ノックして、部屋に入れてもらってから、俺は食事の載った皿を机の上に置く。

「ほら、できたぞ」

「これもまた、初めて見る料理ですね」

「それはよかった。これは『揚げ物』という。高温に熱した油に、粉やら卵やらをつけた食材をくぐらせたんだ」

今回作ったのはトンカツだ。

いや、正確には豚ではなく、ソニアが提供してくれたワイルドボアを揚げたから、イノカツか。

ワイルドボアはこのあたりではよく獲れるらしいが、どうやらその肉を揚げるという発想は、なかったらしい。

屋台でもワイルドボアに限らず、揚げ物は見かけなかったし。

「まずはそのまま食べてみてくれ」

「ではいただきます……こ、これは!?　サクサクとした衣の中からワイルドボアの肉の旨みが溢れてくる!?」

さっき俺も味見をしてみたが、なかなかのできだった。

ワイルドボアの肉自体が、そもそもかなり美味いのだ。

日本の豚は食用に育てられている。それと同じかそれ以上に美味いとは、異世界恐るべし、だ。

「あとはこの『トンカツソース』という調味料をかけても美味いぞ」

俺はそう言うと、ストアで購入したソースを取り出す。

やっぱりカツには、これをかけなければな。

ソニアはソースを俺の手から奪うように受け取ると、すぐさまカツにかけて口に放り込む。

「酸味や甘み、辛みが複雑に絡み合って、深いコクを演出している!? 心なしか、脂もさっぱりしたような……」

常々思うが、ソニアの食に関する語彙の多さはすごいな。グルメレポーターみたいだ。

それほどまでに料理を褒められて、悪い気はしない。俺は皿を手で示す。

「いっぱい揚げたから、たくさん食べてくれ。余った分は収納魔法で保管しておいてくれると助かる」

収納魔法は入れた状態のまま保存ができるらしいからな。

いつでもでき立ての料理が食べられるのは、とても便利だ。

「ええ、わかりました。私が責任を持って預かります」

……俺の分を残してくれるかは、不安だ。

第三話　ここをキャンプ地とする!

次の日俺らは、四つ目の候補地にいた。

いやしかし、ここは厳しそうだ。

結構な高地に開けた場所があるという前情報はあったものの、湖のほとりの候補地よりも道のりが険しいとは思わなかった。

「はあ、はあ。こりゃしんでぇ」

思わず俺の口から、そんな弱気な言葉が漏れる。

元の世界では自転車が好きで、ある程度体力には自信があった俺でも辛い道のりだ。

これはお客さんを呼ぶのがかなりキツそうだぞ。

「だらしないですね。いくらあの結界という能力があるとはいえ、もう少し体力をつけたほうがいいですよ」

ソニアはさすがAランク冒険者というべきか、息切れすらしていない。

防具や弓を身に着け、旅の荷物を背負っているにもかかわらずだ。

「はあ、はあ。これでも故郷では体力あるほうだったんだけれどな。駄目だ、ここだったら昨日の湖のほうがいい。少し休憩したら最後の候補地に向かおう」

「承知しました。別に休憩はなくても大丈夫ですよ」

ソニアがさらっとそう言うので、俺は顔を顰(しか)める。

「俺が休憩を欲しているんだよ……ぜえ……見てわかるだろ」

「そうですか。か弱い女性の私に配慮してくれたのかと思いましたよ」

「……はぁ、はぁ。そんな余裕ないよ。それに、息切れすらしていないソニアが、か弱い？」

「もう休憩は大丈夫のようですね。それでは先を急ぎましょう」

「すんません、俺が悪かったから、もう少しだけ待って！」

俺を置いて先に山を降りようとするソニア。

本当にどこがか弱いんだよ……

それからどうにか息を整え、俺らは山を降りることにした。

「……ユウスケ、ちょっとそこで止まってください」

「ん、どうかしたか？」

しばらくして、ソニアから制止がかかった。

「前方の茂みに何かいます。私の後ろへ」

男としては非常に情けない限りだが、ソニアの後ろに隠れる。

「わ、わかった」

戦闘能力が皆無なので、しょうがない。

ちなみに結界は、特に魔力や体力を使うわけではなさそうなので、常に周りに展開している。

常時使用できるなんて、かなりぶっ壊れた能力だなーとは思うが、再三言うように攻撃には使えないから絶妙だ。

警戒しつつ、前を見ていると、ガサガサという音とともに何ものかが姿を現す。

「クエ！」

茂みから出てきたのは、体長一mくらいの大きな鳥だった。

だが、特に向こうから襲ってくる感じもない。

それによくよく見れば、可愛らしい顔をしている。

「なんだ、可愛らしい鳥じゃ……」

ヒュン！

「クエエ!!」

矢で眉間を撃ち抜かれた鳥は、バタリという音を立てて、地面に倒れた。

「やりましたね。あれはライガー鳥。なかなかの高級食材なんです。今日の食事にはアレを使ってください」

嬉々とした表情で弓を片手にそう口にするソニア。

俺は「……あ、はい」としか返せない。

でもまぁ、そうだよね。

ソニアは冒険者だし、獣や魔物を狩って食べるのに慣れているのだ。

それから、開けた場所に移動してライガー鳥の解体作業を行うことになった。

肉の解体作業をやったことはないので、ソニアに教えてもらう。

頭を落として血を抜き、毛をむしって内臓や肉を切り分けていく。

かなり時間がかかったし、少しだけ気分が悪くなった。

それにしても、解体作業って意外と重労働なんだな。

元の世界では切り分けられた肉がたくさんスーパーなどに並んでいたが、それって当たり前じゃないんだな、と思わされた。

さて、そんな直後なので食欲があるとは言い難かったが、ちょうど開けた場所に来たし、日も高くなってきたし、ってことで、下山を再開する前に昼食を摂ろうという運びになった。

疲れているし、昼飯はストアで買った菓子パンでいいか。

アンパン、クリームパン、メロンパンと甘いパンを揃えてみたのだが、ソニアはどれもとても美味そうに食べてくれる。

酵母(こうぼ)を使ったふんわりとしたパンは見たことがなかったようで、食感に驚いた様子だ。

ここまでの付き合いでわかったのは、このダークエルフさんは、肉と甘い物が好物らしいということ。

エルフって菜食主義者が多いのかと思っていたのだが、そうでもないんだな。


「ふむふむ、ここはなかなかいい場所だぞ」

昼食を摂ったあともしばらく歩き、最後の候補地に到着した。

ここは山の麓からほんの少しだけ登ったところにあり、草はボウボウだけれど地面も比較的平らだ。

「悪くないですね。近くに川も山もあるので、食料調達もしやすそうです」

川は少し下ったところにあるから、氾濫したとしても影響はないだろう。

また、近くにある山の下層は森になっているので、暑い日にはそこに行けば涼しく過ごせる。

「ああ。そして何より、街からここの近くまで道が通っているのはでかいな」

他の候補地はどこも道からだいぶ離れたところにあったが、ここは大きな整備された道まで徒歩二十分くらいだ。

「景色もいいですよ。日が地平線に沈むところが見えますし、反対側にある山からは昇るところも見えます。贅沢です！」

「いいね、それもかなりの加点ポイントだな！　よしここにしよう。今日はこのままここに泊まってみて、問題がなければこの場所に決定だ！」

よし、たった二日でキャンプ場の場所が決まったのはでかいぞ。

さて、そうなったら言わなければならないセリフがある！

「よく聞け、いいか、ここをキャンプ地とする!!」

「……いきなりどうしたんですか？　おかしくなったんですか？」

「言い方！　もうちょっと俺に優しくして！　これは俺の故郷に伝わる名言なんだ。自己満足で言いたかっただけだから、気にするな」

わかる人にはわかる、某有名番組の名言――キャンプ地が決まったら、これだけは言っておかないと。

なんだか微妙な空気になってしまったので、それを払拭（ふっしょく）するように手をパンと打ち鳴らす。

「さて、そうと決まればキャンプの準備だ！　さあ、テンションが上がってきたぞ！」

キャンプといえば、まずはテント。

昨日の夜にある程度、キャンプギアの目星は付けてきた。

キャンプ場の場所を決めたとしても、管理棟を建てるまではここで寝泊まりすることになる。

つまり、そこそこ大きめのテントを買っておいたほうがいい。

というわけで買ってしまいましたよ、大型のドームテント！

ソロでキャンプすることが多かった俺には縁のない、大人数で寝ることができるテントだ。

面積が広いのは当然だが、人が立っても天井に頭がつかないのは最高だ。

その分お値段も五万円とお高めだが、上には上があるのがキャンプギアだ。

十万円を超えるテントなんかもザラにある。

マットもこれから長く使用するだろうし、厚さが十センチほどあって柔らかいエアーマットを購入。

個人的には寝る時のマットは寝袋と同じくらい大事だと思う。マットによって寝心地が大きく変わるからな。

ちなみにこのマットは一万円。ソニアの分も合わせて合計二万円の出費だ。

寝袋は、夜の寒さによって何を購入するか選ぼう。

あとは焚き火台とテーブル、ランタンなんかも必要だな！

……食材の時は予算をあれだけ気にしておいて、キャンプギアを買うとなった途端この始末である。

これから長く使うという言い訳を盾に、既に十万円以上使ってしまっている。

キャンプギアはマジで沼。キリがないんだよな。

さて、買うだけで終わりではない。早速設営してみよう。


ドームテントの設営は難しく、なかなか時間がかかってしまった。

ソロ用のテントの数倍は設営が難しかったな。

「ふう、やっと終わった」

腰に手を当てながらテントを眺めていると、ソニアが声をかけてくる。

「やっと終わりましたか。そろそろお腹が空きましたね」

「……ちょっとくらいは手伝ってくれてもよかったんだけど？」

「私の仕事はあなたの護衛と、開拓ですからね。開拓作業は明日からでいいということでしたので、こうしてあなたを護衛していたのですよ」

「……とても護衛しているようには見えん」

ソニアは焚き火の前でアウトドアチェアを倒して横になっている。

全く護衛をしているようには見えない。

まあ、食事代だけでAランク冒険者を雇えているわけだから、テントの設営まで手伝ってもらおうってのも欲張りな話か。

そう気持ちに折り合いをつけて、俺は言う。

「よし、それじゃあ晩飯を作るか。今日獲った鳥を使った料理でいいんだよな」

「はい、それでお願いします」

さて、昼に手を抜いた分、夜はいろいろと作るか。

解体してみて、ライガー鳥は比較的鶏と近い肉質をしているのだとわかった。

元の世界の鳥料理を作って間違いってことはないだろう。


「よし、できたぞ。さあ腹も減ったし、さっさと食おう」

夕飯ができるころには、既に日が暮れ始めていた。

明日はこのあたりを整地しなければならないので、忙しくなる。

ガッツリ食べてさっさと寝て、明日に備えよう。

テーブルの上に並べられた料理を見て、ソニアは目を輝かせる。

「今日はいろんな種類があるのですね」

「せっかくだしな。と言ってもお手軽な料理ばかりだけど」

俺が作った料理は、全部で三つ。

まずはよだれどり。

ムネ肉を生姜、ネギ、酒を加えたお湯で茹でる。茹で上がったムネ肉を冷ましている間にキャベツを切ってもやしと一緒に茹でる。それが終わったら冷ましたムネ肉をスライスして、キャベツともやしの上に載せ、仕上げにストアで買ったよだれどりのタレをかけて完成だ。

ラー油とかを買ってタレを作るのもいいけれど、市販されている物でも十分過ぎるほど美味い。

続いて二品目は焼き鳥。鳥料理といえばシンプルにこれだよな。

せっかくいろいろな部位があるので、焼き鳥にしない手はない。

とはいえ、俺には半分以上どの部位かわからなかった。

まあ毒はないらしいし、焼けば食えるだろう。

味は塩コショウと、焼き鳥のタレにも使える万能調味料なのだ！

金色の味は、金色の味ベースのタレの二種類だ。

三品目は照り焼きチキンだ。

モモ肉に片栗粉をまぶしてからフライパンで焼き、照り焼きチキンのタレを加えてさらに煮詰めれば完成だ。

だいたいのタレは醤油とみりんと砂糖と酒があればできるが、比率を細かく覚えてないからな。

ストアで市販のタレを買うほうが、手軽で間違いがない。

「俺は一杯だけ酒を飲むが、ソニアはいるか？」

どれも酒に合う料理ばかりだから、ビールを飲もう。

あまり飲み過ぎると明日に影響が出るし、節約もしないといけないから一本だけだ。

まあ、あれだけ高価なキャンプギアを買っておいて、節約なんて今更だが……

「いえ、私はお酒が駄目なので水にしておきます」

「それじゃあお茶を出しておくよ。うちの故郷のお茶だけど、口に合わなかったら言ってくれ」

そう言いつつ、ストアで二リットルの麦茶を購入する。

「……相変わらずユウスケの持っている物は不思議ですね。容器も、そこに書いてある文字も見たことがありません。それによく冷えています。氷魔法を使えるのですか？」

やべ、飲み物は温かい物か冷たい物か選べたから、いつもの癖で冷たいのを買ってそのまま渡してしまった。

ぬるくしてから渡したほうがよかったか。

前世のことを話すのはまだ早いし、どうにか誤魔化さねば。

「う、うちの故郷じゃこれが普通だ。飲み物を収納した時に故郷のやつに氷魔法を使ってもらったから、今でも冷えているんだよ。そんなことより料理が冷めたらもったいないから早く食おう」

「……まあいいでしょう。それではいただきます」

いろいろと疑っているような眼差しだが、とりあえず納得してくれたようだ。

危ない……ストアに何を収納できるのかバレないようにしなきゃな。

胸を撫で下ろしつつも、まずよだれどりにフォークを突き刺す。

「うん、美味い！」

淡白なムネ肉に、ラー油が効いたタレが最高に合う。

そしてそこにビールを流し込む。

「かあああ！　これだよ！」

歩き疲れた身体に、キンキンに冷えたビールが染みる染みる！

まさに犯罪的な美味さだ！

おっと、危うく一気に一本まるまる飲んでしまうところだったぜ。

まだまだ焼き鳥に照り焼きチキンもある。

……一本じゃ全く足りんな。もう一本だけいっちゃおう。

ストアでビールを購入していると、ソニアが声を上げる。

「ユ、ユウスケ！　どれもとっても美味しいです！　こっちのはちょっと辛いですが香辛料がとても効いています。この串焼きは金色のタレを使っていますね!?　こっちの濃い色の料理は外側はパリッと、中は柔らかい！　その魅力を、甘辛いタレが更に引き出しています！　これが本当に、ライガー鳥なのですか!?」

早くもソニアは全種類の料理を食べたようだ。

俺も続けて焼き鳥と照り焼きチキンを食べてみる。

「うん、いけるな。このライガー鳥、普通の鳥よりも全然美味いじゃん！」

どれもサッと作ったのに、元の世界で作って食べた時よりも美味しい気がする。

「いえ、確かにライガー鳥は高級食材ですが、これほど美味しいと思ったのは初めてです！　間違いなくユウスケの腕前ですよ！」

俺の腕というよりは、食品メーカーさんの腕だがな。

それにしても、ソニアは食事だけは本当に美味そうに食べた上で素直(すなお)に褒めてくれる。

作り甲斐(がい)があるというものだ。

さて、あとはデザートだな。

「前回はフルーツタルトだったが、今回はチョコレートケーキにしてみた」

そう言いつつ、俺はストアで購入したチョコレートケーキを取り出す。

今回は俺の分も買ってある。

「フルーツタルトではないのですね……」

「これもフルーツタルトと同じくらい美味いから！」

そんなあからさまにがっかりした顔しないでくれ。

個人的にはフルーツタルトより、チョコレートケーキのほうが好きだ。

しょぼくれた顔でソニアはチョコレートケーキを口に運び――

「――っ!?　ほのかな苦味の中に、今まで食べたことのないような濃密な甘さが！　……これは、最初ユウスケにもらった茶色いお菓子と同じ味がします！」

「そういえば初めて会った時にチョコレートをあげたっけ。そうだ。それを使って作ったケーキなんだ。少し苦味があるけど、美味いだろ？」

「はい、確かにフルーツタルトと同じくらい美味しいですね！　あの……もう一ついただけないでしょうか？」

う……ソニアの上目遣いは、なかなか破壊力があるな。

だが、彼女のためにも断らなくてはならない。

「前にも言ったが、これは太りやすい食べ物なんだ。二日に一つでも食べ過ぎなくらいだから、明後日まで我慢してくれ」

「ちっ……」

舌打ちしやがったよ、このダークエルフ⁉

カロリーの概念をこの世界の人に説明するのは難しい。

っていうか、魔法を使うとカロリーを消費するとかあるのかな。

「……まあいいでしょう。明日からの食事も頼みますよ」

ソニアの言葉に頷く。

「任せとけ。明日からはここを整地してもらう。飯の分、ちゃんと働いてくれよ」

「承知しました。ユウスケの料理に見合った働き、期待していてください！」


食事を終えたあと、川の水を汲んできて皿やフライパンを洗う。

当たり前だが直接川で洗い物をするのはＮＧだ。

川が汚れるし、川に棲んでいる生き物に悪影響を与える。

キャンプ場を作るのなら、そのあたりの注意書きも作らないといけないな。

そんなことをしている内に日が落ちて、あたりは真っ暗になった。

せっかくなので、ランタンの使い方をソニアに説明しておく。

ちなみにランタンは、光の魔道具だということにしてある。

今日の道中ソニアから聞いた話だが、この世界には魔道具という物があるらしい。

曰く、『魔法が付与された便利アイテム』のことをそう総称するんだとか。

この世界で再現できないような物は、全部魔道具ということにしておけばよさそうだ。

さて、日が落ちてしまうと何もできないな。もう寝よう。

俺らは寝支度をして、テントに入る。

それなりに寒いので、そこそこの値の寝袋を購入し、マットの上に置く。

そこでふと気付く。

よくよく考えると、同じテントで綺麗な女性と二人っきりで寝るんだよな。

元の世界では女っ気がなく、女性と同じ部屋で二人っきりで夜を過ごすという経験だって当然なかった。

なんだか少しだけ緊張してしまうな。

対するソニアは普段通りの澄ました顔だ。

冒険者としてかなり長い間活動していたようだし、男の冒険者と野営した経験だってあるのだろう。

二人並んで横になり（護衛だからなるべく離れないほうがいいだろうってことで、寝袋の距離は割と近めだ）、少ししてソニアが話しかけてくる。

「ユウスケの結界は、寝ている時も発動するのですか？」

「どうなんだろうな。一応発動している感覚はあるんだけれど、意識がなくなったらどうなるのかはわからない。悪いんだけど先に寝るから、確認してもらっていいか？」

「ええ、もちろん。もし寝ていても発動できているようでしたら、羨ましい能力ですね。私が寝ていても危機を察知できるようになったのは、冒険者になってだいぶ経ってからですし」

「詳しくは話せないけれど、俺の能力は偶然手に入れた物なんだ。それを自力でできるなんて、ソニアはマジですごいよ」

たとえ俺が百五十歳まで生きたとしても、そんなことができるようになる気がしない。

「私としては、どうやってユウスケがそんな能力を手に入れたのかは非常に気になるところですが……」

「ま、まあそこは秘密ということで。それじゃあ先に寝させてもらうな」

たぶん神様からもらった能力と言っても、信じてくれないだろう。

ソニアが隣にいる緊張で眠れないかも、なんて心配していたが、だいぶ疲れていたのと二本だけとはいえ酒も入っていたので一瞬で意識が遠のいていく。

◆　◇　◆

「う、うう～ん」

眩(まぶ)い光を感じ、目を覚ます。

目を擦(こす)り、周囲を見回すと……テントの中？

ああ、そっか。昨日はテントで寝たんだ。

そんな風に寝ぼけた頭で状況を整理しつつ寝返りを打つ。

「うおっ⁉」

目の前に、美しい女性の顔が！

そうだ、昨日はソニアと一緒に寝ていたんだ。

「う～ん、おはようございます。起きるのが早いですね」

ソニアは俺の声で目を覚ましたらしく、その声はまだ眠たげだ。

「お、おはよう。朝飯を作るから、もう少し寝ていてもいいぞ」

「わかりました。それではもう少しだけ……」

大きな音を立てないように、テントの外に出る。

さすがに焦ったぜ。っていうか、毎朝これは、心臓に悪い。

調子に乗って大きなテントを買わずに、一人用のテントを二つ買うべきだったのかもしれないな。

そんなことを考えつつ、伸びをする。

「さて、朝飯はどうするかな。普段はご飯派なんだけど、さすがに朝から米を炊くのは面倒だ。朝飯はキャンプ定番のあれにするかー！」

「ソニア、朝飯ができたぞ」

「思ったよりも早かったですね」

テントの外からソニアを呼ぶと、すぐに返事があった。どうやら起きていたらしい。

支度をするというので少し待っていると、ソニアがテントから出てきた。

二人揃って席に着く。

「飲み物は牛乳とお茶、どっちがいい？」

「それでは牛乳でお願いします。これは……パンに具材を挟んで焼いたのですか？」

「ああ、ホットサンドと言う。パンに具材を挟んで、このホットサンドメーカーで焼いただけだ。いろんな具材を入れてみたから、食べ比べてみてくれ」

ソニアは早速たくさんあるホットサンドのうち一つを手に取り、齧りつく。

「これは、ハムとチーズが入っているんですね！　溶けたチーズとジューシーなハムが、ザクザクとした舌触りのパンととてもよく合っています！」

ホットサンドにもいろいろあるけれど、俺はやっぱりこれが一番好きかな。

溶けたチーズとハム、そしてパンの相性はやっぱり最強だ。

ホットサンドは半分に切った状態の物を並べている。

ソニアはホットサンドの断面を見て、嬉しそうな声を上げる。

「果物のジャムに、茹でた卵とソースを混ぜた物、魚を細かくほぐした物に玉ねぎを和えた物——いったい、何種類作ったのですか⁉」

「ざっと六種類くらいかな。組み合わせ次第で、何通りも作れるのがホットサンドのいいところだ。多めに作ったから、余った分は収納魔法で収納しておいてくれ」

前世では余らせないように食事を少なめに作っていたが、収納魔法があるなら多く作り過ぎても問題ない。というより多めに作っておいて、収納してもらったほうがいい。

そう思って、今回は張り切ってしまった。

「承知しました。私が責任を持って収納しておきます！」

「……まあおやつ代わりに食べてもいいが、少しは残しておいてくれ」

放っておいたら、いつのまにか全部ソニアの腹の中に収まっていそうだ。

少し不満気ではあるものの、ソニアが頷いてくれたので話題を変えることにする。

「そういえば俺が寝ている間に、結界は発動していたか？」

「ええ、ユウスケに危害を加えようとしても、ちゃんと結界に阻まれましたよ」

「…………」

どのように危害を加えられそうになっていたのだろう。

まさか弓で射てないだろうな……

「ですが触れるだけならできるみたいですね。試しに身体を触ってみましたが、阻まれませんでした し」

「…………」

どこに触れたのかは少し気になるが、聞かないのがベターだろう。

「ふう、ご馳走さまでした。今回の食事もとても美味しかったです。この牛乳も冷たくて美味しかったですよ」

「あ、ああ。そりゃよかった……」

なんだかどっと疲れたような気がするぞ……

ギルドには店を開ける状態になったら届け出をすればいいと言われていたので、早速作業を始めることになった。

「さて、それでは何から始めますか？」

ソニアの質問に答える。

「まずはこのあたりの整地からだ。ぼうぼうに生えている草を刈って、そこらへんに生えている雑木を切り倒して根を掘り起こす」

キャンプ場を作るために一番大変なのは、この整地作業だ。

草刈り機を使っても、かなり面倒だ。

そして雑木を取り除くのも、まずチェーンソーで木を切り倒し、根っこをショベルカーを借りて掘り起こすという面倒な工程を踏まねばならない。

元の世界では、この整地作業だけでも数週間かかってしまうらしい。

この世界の魔法がどれほどの物かわからないが、この整地作業がどれくらいで終わるかによって、キャンプ場の完成までの時間がだいぶ左右されるだろう。ストアでは芝刈り機やチェーンソーまでは売っていなかったから、俺は鎌でコツコツと刈っていくしかない。

「なるほど、まずはこの周辺の草を刈っていけばいいのですね？」

「ああ、俺はあっち側から刈っていくから、ソニアはこっち側から……」

「ウインドカッター！」

ズバババババババ！

「…………え？」

唖然とする他ない。

ソニアが呪文を唱えると、風の刃が一直線に地を走り、根本から草を刈っていったのだ。

「こんな感じでこのあたりの草を刈っていけばいいのですね。ユウスケは刈った草を一カ所に集めてください」

「……あっ、はい。よろしくお願いします」

え、何これ？　俺一人が鎌で刈るとしたら、この一直線だけでも数時間はかかるぞ⁉　風魔法、便利過ぎん？


「これでこのあたりの草は刈り終わりましたね。次はどうすればいいですか？」

一番大変なはずの草刈りの作業が、たった二時間で終わってしまった。

しかも実際に刈った時間はたったの三十分！

どちらかというと、そのあと刈った草を一カ所に集める作業のほうに時間がかかった。

魔法の便利さに戦慄しつつ、俺は言う。

「次はそのあたりにある邪魔な木を切り倒していこう。例えばこの木だな。さすがにこの幹の太さだとさっきの魔法じゃ無理だろ。今ノコギリを出すから、これで少しずつ切って……」

「少し離れていてください。荒れ狂う風よ、剣に纏いて全てを切り裂け！」

ズズーン！

「…………」

あ……ありのまま今起こったことを話すぜ！

ソニアが呪文を唱えると、周囲の風がソニアの持った剣に集まった。その剣を彼女が一振りしたところ、巨大な大木が一瞬で倒れた。頭がどうにか……ならないが、マジかよ。

こんな大きな木を、たった一度剣を振るっただけで一刀両断してしまうなんて。

「風の上級魔法です。この倍くらいの太さまでなら倒せますよ」

「すご過ぎるだろ……」

俺はそれ以外に返す言葉を持っていない。

しかし、ソニアは特に誇るでもなく聞いてくる。

「切り倒した木は、どうしましょう」

「ああ、枝も切って丸太にして、管理棟を建てるための資材にしようかと思っている」

「ではあとで枝も切っておきます。あとはこの根をどうにかしなきゃですよね」

「これは、どうするかな。さすがにスコップで掘り起こすにしても……」

「土の精霊よ、我に力を貸したまえ！」

ミシミシミシ!!

「…………」

木の根の周りの土が掘られ、根が露わになる。

これなら、スコップで容易に掘り起こせるだろう。

「それじゃあ、これはユウスケがどうにかしておいてください。私は木を先ほど刈った草の横に置きに行きます。身体強化魔法を使って、と……」

ソニアはそう言いながら、大木を軽々と持ち上げた。

ちょっとファンタジーの世界を舐めていた。

重機とか完全にいらねーじゃん！　魔法の力やば過ぎるだろ！


「これで一通り終わりましたね」

「……まさかたった一日で終わってしまうなんてな」

どんなに早くても一週間はかかると思っていた整地が、たったの一日か。

既にこのあたり一帯は、邪魔な木や生い茂った草すらない平地となっている。

川のほうに降りるための階段も、土魔法でソニアが作ってくれたし。

また、山も一部を切り開き、いくつかテントを張れるくらいのスペースは確保できている。

それによって、十分な木材も確保することができた。

ソニアが聞いてくる。

「キャンプ場とやらは、これで完成ですか？」

「あとは管理棟とトイレがあればもう営業できるな。問題はトイレなんだよなぁ」

木材があるから、管理棟は大工作業ができる人を雇って建ててもらうとして。

トイレは、どうだろうか。元の世界では下水道を引いてくるか、業者と契約して専用のタンクに集めて、毎週回収しにきてもらう予定だった。

「トイレなんて、川に繋げればいいのではないですか？」

「いや、そう簡単じゃないんだよ。自然を汚すことになるし、下流の川を使う人もいるかもしれない。今のところはコンポストトイレっていう微生物の力で排泄物(はいせつぶつ)を堆肥(たいひ)に変えるバイオトイレにしようと思っているんだけど……小と大を分ける必要があるし、少し面倒なんだよなぁ」

「そのバイオなんとかはよくわからないのですが、他には穴を掘るとか？」

「確かに穴を掘って炭や落ち葉を入れておく方法もあるけど、よっぽど深く掘らないと臭(にお)いもきついし、すぐに溢れて……ん？　ソニア、土魔法ってどれくらい深く穴を掘れる？」

「数百メートルくらいなら」

「マジで⁉　それなら全然いけるじゃん！」

それだけ深ければ臭いが漏れる心配もない。

子供が落ちないように対策しておけば、万事解決だ！

まさか一番懸念していた問題がこうも簡単に解決するとはな。

整地作業といい、魔法の力は偉大だ。本当にソニアには感謝だな。

「ありがとうな、ソニアのお陰で目処(めど)がたったよ」

「感謝の気持ちは食事で示してください。お昼にユウスケが作ってくれた焼きそばも美味しかったですし、夕飯も期待しております」

「よっしゃあ、任せておけ！」


「ソニア、待たせたな」

「待ち焦がれていましたよ」

今、テーブルの上には夕飯が並んでいる。

俺は胸を張って言う。

「悪いな、その代わり気合を入れて作ったぞ。ステーキだ！　食べてくれ！」

「……ステーキは何回か食べたことがあります。ただ、ユウスケがここまで自信満々で出してくるということは、何か普通とは違うところがあるのですよね？」

「ああ。食ってみればわかるさ。いろいろな味の物を用意したから、試してみてくれ」

「以前のバーベキューでも、いろいろな種類のタレが用意されていましたものね。確かにこれまで食べたステーキは塩胡椒(しおこしょう)でしか味付けされていませんでしたし……期待大です。それでは、いただきます」

ソニアはナイフで肉を切り分けてから、口に運び――目を見開いた。

「こ、これは⁉　なんという肉汁の量、なんという柔らかさ、なんという美味しさですか⁉」

ステーキは、実は結構奥が深い。今回はいろいろとこだわってみた。

俺は調理工程を振り返る。

まず、ストアで購入した黒毛和牛の高級肉に、包丁で筋切りを施す。

それをみじん切りにしたタマネギと一緒に、ビニールバッグに入れておく。

こうすることにより肉の繊維がほぐれ、箸で切れるほど柔らかくなる。

そして調理用のフライパンとは別に、スキレットを購入した。

スキレットは鋳鉄製の厚みがあるフライパンで、熱伝導や蓄熱性に優れている。

そのためこれを使えばムラなく肉に火が入る。旨みを閉じ込めつつ、焼き上げられるのだ。

炭で熱したスキレットに牛脂を塗って、肉に軽く下味を付けてからスキレットに投入。

強火で一気に両面を焼き上げてから、すぐにアルミホイルで肉を包み、火から離れた場所で数分間休ませる。

余熱を利用し、中までじっくりと熱を通し、肉汁を封じ込めるわけだ。

高級肉なので、レアとミディアムレアの間くらいになるよう火入れの時間を調整したわけだが、肉の断面を見るに、上手くいったようだな。

そして塩胡椒、ステーキソース、おろしダレを用意したので、いろいろな味を楽しめるはず。

ここまでこだわったステーキが美味くないことがあるだろうか、いやない！

俺も肉を口に放り込むが……うんまぁ！

「うむ、我ながらなかなかのできだ。ステーキにはビールもいいけど、赤ワインも合うんだよなぁ……いっちゃうか！」

なんて言いながら、ストアを物色。

肉に金をかけたので、さすがに高級なワインではなく、安物のワインを購入する。

肉が美味けりゃ、安酒でも問題なし。

しかし、いつかは金を気にせず、高級な酒を飲めるようになりたいぜ。

「これはワイバーン……いや、ドラゴンの肉にも匹敵する美味しさです！　特にこのソースが一番合います！」

ソニアはそんな風にずっとテンション高く、ステーキを食べ続けている。

っていうか、やっぱり異世界ってドラゴンの肉とかも流通しているんだな！

いつか食べてみたい……なんて思いつつ、俺は言う。

「うちの故郷で味を良くするために一から育てられた牛なんだ。美味いだろ。ソニアはステーキソースがお気に入りか。俺はこのおろしダレがサッパリしていて、好きなんだよな」

「確かにそのソースも酸味が効いていながらも、すりおろされた野菜が味をサッパリさせて……本当に美味しいです！」

そう口にしながら、物すごい勢いでステーキを食べるソニア。

これは俺の分も含めて追加で焼かないと駄目だなーなんて思いながら、ワインを一口含んだ。

第四話　ドワーフとウイスキー

キャンプ場作りに着手して二日目の朝。

今日も今日とて、すぐ隣にあるソニアの顔に驚くところから一日がスタートする。

……大工仕事をできる人を雇ったら、テントをもう一つ買おう。

朝食は、昨日と同じくホットサンドだ。

今日の中身はポテサラ、ベーコンとほうれん草のソテー、コンビーフなど、昨日と変えているが。

三種類全て食べてみたが……うむ、手軽で何を入れても美味いホットサンドは、偉大である。

ソニアも美味しそうに食べてくれた。


朝食を終え、俺らは大工仕事ができる人材を探すべく、街へ戻ってきた。

さすがに一日や二日で、街からこんな外れた場所に誰かが訪れることはないだろうから、せっかく設営したテントはそのままだ。

門を潜(くぐ)ってすぐ、俺は提案する。

「それじゃあ冒険者ギルドに行って、大工仕事ができる人をどれくらいで雇えるか見てみよう」

「ユウスケ、大工仕事を依頼するなら鍛冶ギルドを見てみたほうがいいかもしれません」

「鍛冶ギルドなんて物があるのか？」

鍛冶というと剣とか防具とかを売っているところだというイメージが強い。

大工仕事が頼めるなんて、正直意外だ。

「はい、鍛冶ギルドでは武器や防具などの他に、家具や家などの大工仕事も請け負っております。

大工仕事は専門技術がないとできないので、冒険者ギルドに行くより鍛冶ギルドに行ったほうがいい人材を雇えるはずです」

「なるほど！　よし、鍛冶ギルドに行ってみよう。ありがとうな、ソニア」

「言葉でお腹は膨れないので、お礼なら食事でお願いしますよ」

……相変わらず、食欲に忠実なダークエルフさんだこと。


そんなわけで、鍛冶ギルドにやってきた。

建物の大きさやギルドの内装は冒険者ギルドとそれほど大きな差はないが、ひとつだけ大きな違いがあった。

それは、中にいる人々の種族だ。

冒険者ギルドでは人族をはじめ、獣人にエルフなど様々な種族が入り乱れていたが、この鍛冶ギルドにいる人の八割以上はドワーフである。

奥のほうには炉があり、そのあたりから槌を打つ音が響いている。

ここでも鍛冶仕事ができるようになっているんだな。

そんなことを思いつつ、依頼ボードを見る。

「お、ソニアの言っていた通り、大工仕事の依頼も結構あるな」

その中には家や倉庫などを建てる依頼もいくつかあるのだが、やはり依頼料は高額だ。

「……やっぱり金が必要か」

どの依頼も、料金は金貨百枚を軽く超える。

また、大工仕事は日当ではなく、成果単位での支払いらしい。

すると、ソニアが聞いてくる。

「ユウスケが昨日飲んでいたお酒は、美味しいのですか？」

「うん？　まあ宿で飲む酒と比べると、遥かに美味いな」

「なら、美味しい酒を依頼料として提示してみてはいかがですか？」

「は？　そんな依頼料で受注してくれる人なんているのか？」

「普通の酒では無理ですが、今までにドワーフたちが飲んだことのないような美味しい酒なら、可能性はありますよ。もちろん、現役でバリバリ働いているドワーフは難しいでしょうが、年寄りのドワーフが、趣味や老後の楽しみとして引き受けてくれるかもしれません」

「それは全然構わないよ。別に若い人材を求めているわけじゃないし。依頼を貼ってもらうだけならそんなに金もかからないだろうから、試しに頼んでみるか」

というわけで鍛冶ギルドの受付に並び、依頼を貼ってもらった。

ちなみに受付してくれたのは、背が小さくて可愛らしいドワーフの女性だった。

この世界のドワーフの女性は、髭面ではないみたいだ。

依頼内容は『ログハウスおよびトイレ小屋の建築、そして柵や椅子などの作製』。

報酬の欄には『今まで飲んだことのないような美味い酒、飯、つまみを毎日』と記しておいた。

本当にこんな報酬で受けるやつがいるのかな……

とはいえ、受付のドワーフのお姉さんも、『お酒が好きな人なら受けてくれると思います』と言っていたし、それを信じるか。

「とりあえず依頼を発注したよ。掲載期間は一週間で、もしも興味のある人がいたら、俺が泊まっている宿に連絡をくれるってさ。それで酒を試飲させて、気に入ったら依頼を受けてもらうっていう流れだ」

受付から戻った俺がそう言うと、ソニアは頷く。

「わかりました。では、今日は宿に戻りますか？」

「そうだな。鍛冶ギルドからの連絡を待ちながら、駄目だった時のことも考えて、金を集める方法を探すとするか」

「おう、お前さんがユウスケっちゅうもんか？」

ソニアと一緒に宿に戻ろうかと話が纏まりかけていたタイミングで、後ろから声をかけられた。

振り向くとそこには小柄で髭がボウボウな、これぞドワーフといった姿の老人がいた。

俺は怪訝に思いながらも言葉を返す。

「ああ、そうだが……あんたは？」

「儂はダルガっちゅうもんだ。そこの依頼を貼ったのはあんただと受付から聞いたぞ。それで、ドワーフである儂らをも唸(うな)らす酒があるっちゅうのは本当か？」

はえええええよ!!　依頼を貼ったのは、まだ数分前だぞ!?

内心かなり驚きながらも、俺は慎重に言葉を選ぶ。

「ああ。だが、本当にこの依頼を受けたいのか？　確かに美味い酒は用意できるかもしれんが、金は全く払えないんだぞ？　ただ単に酒を試飲したいだけじゃないのか？」

「カッカッカッ、若造が言いよるわ！　じゃが安心せい。儂らドワーフは誇りにかけて酒に関する嘘は吐かん。本当に美味い酒を飲ませてくれるんだったら小屋の一軒や二軒建てるくらい、安いもんじゃ。それに儂はもう引退した身じゃからな。老後の資金はたっぷりあるし、金よりも美味い酒やつまみのほうがよっぽど魅力的に映る。ま、年寄りの道楽みたいなもんじゃ」

目を見るに、嘘を言っている様子はない。

となると、俺は相当失礼な態度を取っていたことになる。

「……ダルガさん、すまない。とても失礼なことを言ってしまった。謝罪する」

もしかしたらこの世界には、お金よりも美味しい酒やご飯を重視する人が多いのかもしれない。

Aランク冒険者のソニアもそうだったように、娯楽の少なそうなこの世界では、料理や酒を楽しむことに重きを置いている人が多くても、不思議ではない。

「律儀なやつじゃのう。お前さんは黒髪じゃし、この国のもんじゃなさそうだから、あまりドワーフと会ったことがなかったってだけじゃろ？　まぁ、気にするな。それよりもお前さんの言う、『ドワーフが飲んだこともないような酒』っちゅうもんを試させてくれ」

「ああ、ぜひとも！　ダルガさんはどんな酒が好きだ？　酒精の強い酒、喉越しスッキリでゴクゴクいける酒、芋からできた独特の香りがする酒と、いろいろあるが」

「……そんなに種類があるのか。その中なら……酒精の強い酒が一番飲んでみたいのう」

さて、どの酒を出すべきか。

少なくとも以前にこの街の宿で飲んだ酒と、この街を回った時に見た酒は、どれもそれほど酒精が強くなかった。

ということは……

「蒸留酒(じょうりゅうしゅ)っていう酒は、飲んだことあるか？」

「ジョーリュ―シュ？　そんな酒、聞いたこともないぞ」

やはり蒸留酒はまだ発明されてないか。

アルコールは水よりも沸点(ふってん)が低い。蒸留はその性質を利用し、お酒を加熱しその蒸気を冷やして液体に戻すことでアルコール度数を高める方法だ。

蒸留酒自体がないのであれば、どれを渡しても『酒精が強い』という条件は満たせそうだ。

ここは、ウイスキーの中でも俺がよく飲んでいる銘柄(めいがら)を渡すとしよう。

リュックの中に手を入れるフリをして、ストアからウイスキーとグラスを購入する。

「これは俺の故郷の酒――ウイスキーだ。酒精が強いから、ゆっくりと味わって飲んでみてくれ」

購入したグラスに、少しだけウイスキーを注ぐ。

個人的には氷を入れたロックで味わうのが一番好きなのだが、今回は酒の味をしっかりと味わってほしいから、ストレートだ。

「……ぐぬぬぬ。これはなんと綺麗なグラスと酒瓶じゃ！　今まで長く生きてきたが、これほど透明感があり、形が整った物は見たことがない！」

あ、そっち？

適当に買った安物のグラスだったが、こちらの世界ではかなりの品物らしい。

ウイスキーの瓶も、確かに綺麗ではあるか。

今後はストアで購入する物も、ちゃんと渡していいか吟味しないとまずいかもしれない。

そう考えつつ、俺は言う。

「俺の故郷で作られた品だ。高価な物だから、取り扱いに注意してくれ。依頼報酬が酒で足りないようなら、このグラスや酒瓶を付けてもいい」

「……このグラスと酒瓶だけで報酬としては十分な気もするがのう。どれどれ……ふむ色は美しい琥珀色で、香りは複雑じゃのう。どれ…………………」

ん？　ダルガさんが、ウイスキーを口に含んだと思ったらフリーズしてしまったぞ。

さすがにこの酒を不味いと思うわけないんだが……いや、酒精が強過ぎて気を失ったとか⁉

そんな風に心配していると、ダルガさんがいきなり大声を上げる。

「……う、う、う、美味い‼　なんちゅう酒じゃ‼　確かに酒精が今までに飲んだどの酒よりも強い。じゃがそれだけではない！　深い香りと深い味わいが、確かにここにある！」

……俺も酒は好きだが、そこまで熱くは語れない。

っていうか、声がでかい！　鍛冶ギルドにいた人の半数以上がこちらを見たぞ！

「気に入ってもらえそうならよかった。他にもこの酒に勝るとも劣らない酒が何種類かある。寝床と美味い飯やつまみ、そして一日一本ではあるが酒を提供するから、依頼を受けてくれないか？」

「なぬ、この酒に勝るとも劣らない酒じゃと!? そんなもん受けるに決まっとるじゃろうが！」

……ドワーフちょれえな。

それほどいい酒でなければ、ストアから数千円で買える。

日当としては、むしろ安い。

「飯やつまみのほうも期待してくれていいぞ。味はここにいるソニアも保証してくれる。な？」

ソニアに話を振ると――

「いいえ、ユウスケの料理はクソ不味いです」

「おいいいい!?」

思わず叫んでしまった。

え、何言ってくれちゃってんの、このダークエルフ!?

普段俺が作ったご飯を、あんなに美味そうに食ってるじゃん!?

「おま、何言ってんだよ！　いつもあんだけ美味そうに食って、何回もおかわりしておいてそれはないだろ！」

俺が詰め寄ると、ソニアが言い返してくる。

「……私のケーキは二日に一度なのに、このドワーフに酒を毎日渡すなんて、不公平です。改善を要求します！」

「それ、今言うことか!?」

いやまあ確かに言われてみるとそうかもしれないが、この大事な交渉の時に言うことじゃないだろ⁉　空気読んでくれよ！

……まあケーキは太るかもしれないが、あと一週間ちょっとあればキャンプ場が完成しそうだし、その間くらいなら毎日食べさせても問題ないか。思ったよりも整地を早く終わらせてくれたし。

「……わかった。ケーキも毎日渡そう。それと酒とは金額の差があるから、その埋め合わせも何か考えておく」

そう俺が言うや否や、ソニアは賛辞を口にする。

「ユウスケの料理はどれも素晴らしいです。見たこともない調理法に、豊富な香辛料。それらによって作られる料理は、どれも今まで味わったことのない最高の味でした。長年多くの国を旅して、様々な料理を食べてきた私が保証します」

……清々しいほどの手の平返しだな、おい！

「ガッハッハ、面白いやつらじゃのう。それにAランク冒険者の黒妖の射手がいるなら安全面も問題なさそうじゃ。この依頼、受けるぞ」

よかった、やっと話が纏まった。

それにしても、ソニアはやっぱり冒険者として有名なんだな。

すると、ソニアが意外なことを口にする。

「私もあなたのことは知っておりますよ。ですがよろしいのですか？　この街で有名な鍛冶屋のダルガ工房の親方であるあなたが、こんな依頼を受けても？」

え、何？　もしかしてこのドワーフのおっさんも有名人なの？

「ガッハッハ、元じゃ、元。先日工房は息子や弟子どもに譲ったから、今儂は引退の身。ただの暇人じゃから、何をしようと問題ない。ほれ、そうと決まればさっさと現場に行くぞ。この街のどの建物よりも立派なやつを作ってやるわい」

……いや、そこまで立派な建物を建てなくていいんだけど。

ダルガさんの工房に荷物を取りに行く。

『こんなに急に工房を空けていいのかなぁ』なんて思っていたけど、本人曰く『手紙を置いてきたから問題ない』とのこと。

……本当に自由なおっさんだな。

そして俺たちは市場で野菜や肉や魚を、ダルガさんは自分用の酒を購入し、キャンプ場へ。

道中で驚かされたのは、ダルガさんのタフさだ。

見た目は老人なのに、キャンプ場までの数時間の道のりを、難なくついてきたのである。

ドワーフは、他の種族よりも体力があるのかな。

「ほお〜こりゃ立派な場所じゃ。なるほどのう、ここに簡易的な宿泊施設を建てるわけか」

ここに来るまでの道すがら、ダルガさんにキャンプ場がどういう場所なのかは説明しておいた。

俺の結界能力と物を取り出せる能力についてもだ。

話していないのは、ソニア同様、別の世界から来たことについてくらいか。

ダルガさんの質問に、俺は頷く。

「ああ。とりあえず最初は美味いご飯とお酒を出す場所にしようと思っている。ゆくゆくは自分たちで食材を持ち込んで、自分たちで料理をして楽しんでもらう場所にしたいところだが」

「まあ酒さえ美味ければ、儂らドワーフは地の果てからでも足を運ぶじゃろうな」

……とりあえず最初のお客さんは酒に釣られたドワーフたちになりそうだ。

「それじゃあ話していた通り、まずは設計だな。ダルガさん、この紙とペンを使ってくれ」

「ダルガでいいぞ。ずいぶん上質な紙じゃな」

「俺のこともユウスケでいいからな」

まずは管理棟の設計からだ。必要な設備や必要な物を纏めないと。

でもこれは、俺とダルガの二人でやることになりそうだ。

そうなるとソニアが退屈するかな……あ、そうだ！

「すまないがソニアは少し待っていてくれ」

「承知しました」

「そうそう、ソニア。この本の文字、読めるか？」

俺はストアで買った一冊の本を、ソニアに手渡す。

「……これは、本ですか？　とても上質な紙ですし、色鮮やかですね。いえ、色鮮やかなのは表紙だけで、中身は白黒。ええ、書かれている文字は共通語ですし、問題なく読めます。全てのページに絵が描いてあるとは、珍しいですね」

俺が渡したのは、漫画(まんが)だ。

宿で一人で休みつつストアのラインナップを見ていた際に何の気なしに購入した品なのだが、文字が全て異世界の言語だったのだ。

もしかして、と思ったのだがこの世界の共通語だったのか。

ストア、マジで有能過ぎる！

意外とこの世界の識字率はそこそこあるらしく、冒険者の大半は共通語を読めるらしい。

ということは日本の作品を布教することだってできちゃうわけだ。

「これは俺の故郷の『漫画』という本だ。そうだな……ダルガとの酒の金額差もあるから、漫画でもそうでなくともいいけど毎日三冊ほど新しい本を購入して渡すよ。他にも小説や俺の故郷のレシピ本なんてのもある。ソニアは普段、どんな本を読むんだ？」

「……そうですね、今までは魔法書ばかり読んでいました。とりあえずこの漫画とやらを読んでみます。この本の続きを用意してもらってもいいですか？」

「ああ、わかった。それじゃあ今日は初回ってことで、五巻まで出してここに置いておくぞ」

「ありがとうございます」

ちなみに渡した漫画は元の世界で一番と言っていいほど人気のあるバトル漫画だ。

百巻以上ある上に、まだ連載が続いているが、果たして続きってこっちでも手に入るのか……？

まぁそんなことはさておき、こっちは設計を進めなければな。


しばらくして、大まかな設計図ができ上がった。

ダルガが言う。

「ひとまず、こんなものかのう。途中から増設できるようにしておいたほうがよさそうじゃな」

「おお、そんなこともできるのか！　従業員をどれくらい雇うかもまだ考えていないから、助かるよ」

「あとは水回りじゃな。管理棟の屋上にタンクを置いて水を溜められるようにし、管(くだ)を通していつでも出せるようにするというアイディアは、実に面白い。とはいえ雨だけではこの施設の水の消費を賄(まかな)うには足らんから水魔法の使い手が必要になるのう。あの黒妖の射手が水魔法を使えればよかったのじゃがな」

「まぁ、どちらにしろソニアはこのキャンプ場ができるまでの契約だ。水魔法を使える人は新しく雇おうと思っている。さすがにAランク冒険者を長期で雇う金なんてないしな」

　俺の言葉に、ダルガは意外そうな顔をする。

「ふむ、そうなのか。まあ高ランク冒険者を従業員として雇うとなると相当なコストにはなるものな」

「俺としてもソニアがいてくれると助かるんだが、こればっかりはな……あ、あと風呂だけはちっちゃくてもいいから作ってくれよ」

「まったく、個人で風呂を持つなんて、贅沢じゃな。火魔法か薪を使えば温められるように設計しておいてやろう」

「俺の故郷だと家に風呂があるのは普通なんだよ。できればお客用の風呂も作りたいけれど、常に温かい湯を用意するのは難しいんだよな。ここら辺で温泉でも湧いてくれりゃいいのに」

「ガッハッハ、そんな簡単に温泉が出たら苦労はせんわい。水の精霊に源泉の場所でも聞かんことには、無理じゃのう」

突然飛び出したファンタジックなワードに、俺は身を乗り出す。

「水の精霊？　そんなのがいるのか!?」

「なんでも極稀に精霊に愛される者が現れるらしく、その者にだけ精霊が見えるらしい。まあ儂も今まで出会ったことはないんじゃがのう」

「へえ～、あとでソニアにも聞いてみるか」

「様々な国を旅してきた冒険者なら、知っておるかもしれんのう。さて、今話したことを基に詳細な設計図を作るから、あとは儂に任せておけ。実際の建築作業は明日からじゃな」

「おう、任せた。そしたら俺は晩飯の準備を始めるか。ついでに明日の朝飯の準備もしておこう」

こうして、話は纏まった。

さて、今日の晩飯はなんにしようかなーなんて考えていると、背中を突かれる。

「ユウスケ」

「ん、どうしたソニア？　晩飯なら、そろそろ作り始めるからもう少し待っていてくれ」

「……いえ。この漫画とやらの続きが読みたいのですが、出していただくことはできませんか？」

ああ、そっちか。漫画って読み始めたら止まらなくなるから、気持ちはわかる。

とはいえ、漫画は一冊五百円以上する。

お客が入る前に、お金を余分に使うのもなぁ。

そうだ、これを機にストアについてソニアに説明しておくか。

「そういえばソニアに、俺の能力の詳細を話していなかったな。俺の能力はお金と引き換えに故郷の物を購入できるという物なんだ。そして俺が購入した物だけを収納できる。そして俺は金があまりない。言いたいことはわかるな？」

「……つまり私がお金を払えば、いくらでも続きを読めるということですね？」

「いや、そういうことじゃなくて。一日に三冊くらいまでにしてほしいってことなんだが……それに購入した漫画は、ここでしか読めないようにしたいから、購入してもソニアには渡せないぞ」

「……ということは私がお金を出して、読んだあとにユウスケに漫画を返せばいくらでも読めるということでいいですね？」

ソニアの目つきが真剣だ。

俺は驚きつつも聞く。

「……いやまあ、そういうことではあるけど。むしろソニアは、それでいいのか？」

「ええ、一向に構いません！　それで一冊いくらですか？　金貨一枚、それとも十枚？　早く続きを読ませてください！」

どれだけ漫画にハマってんだよ！

一番人気のある漫画を最初に読ませたのは、失敗だったかもしれん……

いや、布教という観点で見れば成功か。

「わかったから少し落ち着け。一冊あたり銅貨五～八枚くらいだ」

「この芸術品がたったの銅貨八枚……いえ、一冊当たり銀貨一枚支払わせてください！　で、金貨三枚渡すので、とりあえず三十冊貸していただけますか？」

芸術品て……気持ちはわからんでもないけれど。

こっちの世界のお金が少なくなってきたから、ありがたい限りではある。

ソニアから金貨三枚を受け取り、漫画を三十冊購入する。

今はこっちの世界のお金のほうが少ないから、新たにチャージはせずに、ストアにチャージしてあったお金で購入した。

「ユウスケ、ありがとうございます！」

「いや、むしろこっちのほうが感謝したいくらいだがな」

漫画の代金を出してもらったうえに、儲けまで出てしまったわけだし。

ソニアは、最早定位置となっているアウトドアチェアに戻り、横になって漫画を読み始めた。

……着々と駄目ダークエルフ化している気がする。

まぁいい。ひとまず今日の晩飯を用意せねば。

ここ数日は肉ばかりだったから、野菜も少し摂りたいところだ。

さっき市場で買ったこちらの世界の野菜を使って……よし、あれにしよう。

「おーい、晩飯ができたぞ！」

俺の声に先に反応したのは、ダルガだった。

「さっきからいい匂いがしてきていたな。待ちわびたぞい。こっちも設計図を大体描き終えたから、あとで目を通しておいてくれ」

「お、仕事が早いな。そんじゃあこっちに座ってくれ。おい、ソニア、晩飯だぞ」

「……あと少しだけ待ってください。今とてもいいところなのです」

……その漫画、マジで面白くて止まらなくなるよな。

だが料理はでき立てが美味いから、却下だ。

「それじゃあソニアは晩飯抜きでいいな。ソニアの分も二人で食べてしまおう」

俺がそう言うと、ソニアは慌てて漫画を置く。

「ま、待ってください。行きます、行きますから！」

そうしてようやく食卓に三人が揃ったので、俺は献立(こんだて)を発表する。

「今日は唐揚げと、野菜の素揚げだ！」

ダルガが首を傾げつつ尋ねてくる。

「唐揚げ、素揚げ……聞いたことがないのう。この茶色いのはよくわからんが、こっちの野菜は焼いたのか？」

「油を加熱して、その中に野菜をくぐらせたんだ。茶色い塊(かたまり)——唐揚げは、ロックバードとライガー鳥の肉をタレに漬けて、粉を付けて油に通した」

揚げ物は、意外にもキャンプ向きの料理だ。

油も食材が浸るくらいあればいいし、使った油は紙に吸わせて燃やせばいいからな。

「昔別の国で、同じように味付けした肉を油に通した物を食べたことがある気がしますが、ベチャベチャしていてそれほど美味しいと感じませんでしたが……」

不安そうなソニアに、俺は言う。

「たぶん衣を付けていなかったんだろうな。衣がないと肉の味も油に溶け出ちゃうし、食感も悪くなっちゃうんだ。で、ダルガにはこれをあげよう」

俺はそう言い、キンキンに冷えたビールをダルガに渡す。

「なんじゃ。うお、とても冷えておる！」

「これはビールという、俺の故郷の酒だ。昼に出したウイスキーも美味いんだが、揚げ物にはこれが合う。ウイスキーよりも安いから、五本までだったら出してやるぞ」

「……冷えた酒か。それにしても、これもすごい容器じゃのう。金属は極限まで薄くなっているのに、尚強度が保たれておる。こりゃいい仕事じゃ。それにこの開け口もここだけ薄く溶接しておるから、簡単に開けることができるんじゃな」

言われてみれば、アルミ缶もすごい技術の結晶なのか。

そんな風な気付きを得たところで、俺は音頭を取る。

「よし、じゃあ食べようか。このまま食べてもいいし、塩やこっちの甘酢をかけたり、この果物の果汁をかけたりしてもサッパリして美味いぞ。いただきます！」

「「いただきまーす！」」

そう言いつつフォークを手に取るソニアとダルガを後目に、俺は唐揚げを一つ食べる。

ザックリとした衣を突き破ると、熱々の肉汁が飛び出してくる。

うん、美味い！

こっちの世界のロックバードとやらも、元の世界の肉よりも上質なのかもしれない。

とはいえ、それよりもライガー鳥は段違いに美味い。

高級食材と言っていたが……ロックバードの肉と比べると味の違いがはっきりとわかるな。

続けて、野菜の素揚げも食べてみる。

うん、こっちもいい感じ。

馴染みのない味ではあるが、前世の物より甘みが前面に出ていて、最高だ。

そしてここに、キンキンに冷えたビールを流し込む。

「かあああああ！　これだよ！」

思わず声を上げてしまった。

冷たいビールが、油っぽい口内を一気に洗い流してくれる。

揚げ物には、やっぱりビールしかない！

同じくビールを飲んだダルガも、叫ぶ。

「ぬおおおおお！　こりゃなんちゅう酒じゃい！　ぬるいエールなんてもう飲めんぞい！　エールに少し似ておるが、このスッキリとした喉越し……たまらんわい！　酒は冷やすとこんなにも美味くなるのか！」

「ユウスケ、この唐揚げとかいう食べ物、とっても美味しいです！　昔食べた物とは別物ですよ！　中から熱々の美味しい肉汁が溢れてきます！　それに野菜も、油にくぐらせただけでこんなに美味しくなるのですね！」

ソニアの言葉に、俺は頷く。

「ああ、でき立ての揚げ物は、本当に最高だよな！　唐揚げは、こっちの甘酢をかけてみても美味いぞ」

甘酢をソニアのほうに差し出している横で、ダルガが興奮したように言う。

「ユウスケ、早く次のビールを出してくれ！　ええい、こんな美味い酒、五本で足りるかあ！　金ならいくらでも払うから、纏めて十本持ってこい！」

「何を言っているのですか、このドワーフは！　ユウスケ！　それなら私のケーキも一日五個ですからね！」

ソニアまでそんな意味のわからないことを言いやがる！

俺は立ち上がり、声を張る。

「やかましい！　二人とも、もっと落ち着いて食え！」

一人増えただけで、食卓はだいぶカオスになった。

まあ、とはいえ賑やかで楽しいから、嫌ではないんだけどさ。

「いやあ、美味かったのう。久しぶりにこんないい飯を食ったわい」

「ええ、今日の食事も満足でした」

幸せそうにそう言うダルガとソニアに、俺は微笑む。

「お粗末さん。それじゃあ片付けするから、二人はゆっくりしていてくれ」

あのあと散々金をいくらでも出すから、酒やケーキをもっと出せと言う二人を宥めるのは大変だった。

お金を出してくれるならいい気もしたが、初日から振る舞い過ぎるのも良くない。

キャンプ場が完成した日の打ち上げとかならまだしも。


約十五分ほどで片付けは終わった。

夕飯の片付けが終われば、あとは寝るだけ。

新たに通常サイズのテントをひとつ購入し、ソニアがそこで、俺とダルガが大型テントで寝ることになった。

ダルガは大型テントの構造が気になっていたようだが、ビール五本の他に自前で持ってきていた酒をガブガブ飲んでいたので、すぐにダウンしてしまった。

◆　◇　◆

「う〜ん」

目覚めると、目の前に髭だらけのおっさんの顔があった。

……これと比べると、昨日や一昨日は幸せな目覚めだったな。

少しブルーな気持ちになりながらテントから出ると、椅子に座るソニアの後ろ姿が見えた。

今日は珍しく早いんだなと思いつつ近付いてみると……昨日の漫画の続きを読んでいた。

改めてだが、どんだけ漫画にハマってんだよ……

内心呆(あき)れつつも、俺はソニアに話しかける。

「おはようソニア。今から朝飯を作るから、少し待っていてくれ」

「おはようございます。あ、その前にこの漫画の続きを出してください」

「…………」

ソニアが金貨二枚を渡してきたので、漫画の続きを二十冊分購入する。

金貨二枚ということは約二万円なんだが、ポンと出してくるよな。

さすがはAランク冒険者というところか。

さて、今日の朝飯はなんにしようかな。

さすがに三日続けてホットサンドは飽(あ)きるから、今日は別のにしよう。


およそ二十分後。

「ダルガ、起きてくれ、朝飯だぞ」

テントを覗(のぞ)き込みつつそう言うと、ダルガは緩慢な動作で身を起こす。

「ん……もうそんな時間かのう」

ダルガが目を擦りつつも立ち上がろうとするのを後目に、未だ漫画を読み続けているソニアにも声をかける。

「ソニアも早く来い。漫画、没収するぞ」

「……わかりました」

母親か、俺は。

まったく……手間のかかる二人だ。

そんなことを考えつつも二人の子供（？）を食卓に着かせ、朝食の献立を説明する。

「今日の朝食はベーコン、目玉焼き、パン、ソーセージ、サラダだ。こうやってベーコンと目玉焼きをパンに載せて食べると美味いぞ」

シンプルだが間違いないやつだな。

厚めのベーコンをカリカリになるまで焼いて取り出して、その油で目玉焼きを作ったのだ。

あまり火を通し過ぎないようにしたので、噛んだらとろっと黄身が溢れ出すはず。

「ほう、こりゃ柔らかくていいパンじゃな。それにベーコンと卵にかかった胡椒がアクセントになっていて、美味いぞ！」

「こっちのサラダは、酸味のあるソースがかかっていて、とても美味しいです！」

「この冷えた牛の乳もええのう。朝から豪勢な飯じゃわい！」

そんな風に、ダルガとソニアはわいわい喜んでいる。

俺からしたら普通の朝食なのに、ここまで喜んでくれるなんて、嬉しいな。

朝食を終えたなら、いよいよ管理棟の建築が始まる。

まずはソニアの土魔法で管理棟を建てる場所を整地し、ストアで購入したコンクリートと水を混ぜた物を流し込んで土台部分を作る。

それが乾くのを待って、土台の上に床を敷き、壁を作る——というのが本来の流れなのだが、今回は先に丸太を加工して床と壁、屋根を作っておく。

普通、先にそれらを組み立ててしまうと、重くて持ち運べなくなってしまうのだが、身体強化魔法があれば解決する。

コンクリートが乾くまで結構時間がかかり、本来その間は作業が止まってしまう。そのロスがなくなるのは大きい。

そして丸太の壁の一部には、ストアで購入した窓枠(まどわく)を嵌(は)め込んでおく。

ストアには窓枠や窓ガラス、水道管などの家を建てるのに必要な物が売っているから助かった。

……にしても、俺のやることがない。

ソニアがスパスパ切った丸太を、ダルガが身体強化魔法を使いつつ加工して組み合わせ、あっという間に壁や床や屋根を作っていく。

魔法があればチェーンソーやノコギリはいらないのだ。

ってなわけで、魔法の使えない俺はもっぱらキャンプ場の周囲に配置する木の柵に釘(くぎ)を打つ作業に勤しんでいる。

あの二人がいれば、一、二週間くらいで管理棟ができてしまいそうだ。


夕陽が眩くなってきたのを感じ、俺は言う。

「よし、今日はこのくらいにしておこう」

「ん？　儂はまだいけるぞ。まだ日も落ちてないしのう」

ダルガはまだやる気満々なようだが、俺は首を横に振る。

「いや、そこそこ速いペースで進んでいるし、今日はもう十分だろ。焦っても仕方ないし、のんびりいこう」

既に壁や床や屋根の大半は組み立て終わっているから、数日後にはテントではなく管理棟の一部屋で寝られるんじゃなかろうか。

「賛成です。人間働き過ぎはよくありません。今日はここまでにしましょう！」

「「…………」」

俺とダルガは揃って口を閉ざした。

ソニアはきっと、漫画が読みたいだけだな。

まぁ、我がキャンプ場はブラックな職場ではない。

一日の労働時間は、ほどほどでいいんだよ。

「まぁ、ソニアの言う通り、働き過ぎはよくないな。このあとは自由に過ごしていて構わないよ。

俺は少し休憩したあと、晩飯の準備をする」

俺の言葉に、ダルガとソニアが頷く。

「それなら儂は外で酒でも飲みながら、設計図を微修正するかのう」

「私はテントの前で読書の続きをしていますね」

さて、それじゃあ晩飯は何にしよう。

ここしばらく肉が多かったから、魚を出すか……


「晩飯、できたぞ」

俺がそう告げると、ダルガが鼻をひくつかせつつ、設計図から顔を上げる。

「お、いい匂いじゃな」

「あと少しだけ……今仲間同士で決闘が……」

ソニアはそう言うが、何度も言うように食事はでき立てが美味しいのだ。

「あ～はいはい。そんじゃあダルガと先に食うぞ。なくなっても文句言うなよ」

「うう……わかりました。行きますよ……」

こうして、今日も今日とて三人で食卓を囲む。

「ほう、こりゃ美味そうじゃな！」

ダルガは嬉しそうだが、ソニアは少し残念そうに口を開く。

「今日は肉じゃないのですね……」

「いや、さすがに毎日肉じゃ飽きるだろ……それじゃあ今日の献立を説明するな。こっちはアヒージョって料理だ。簡単に言うとオイル煮だ。オリーブオイルという上質な油にニンニクと香辛料を入れて具材を煮込むだけのお手軽料理だ。具材の旨みが滲み出したオイルを硬めのパンにつけても美味いぞ。で、これはホイル焼き。魚の切り身とキノコを、アルミホイルという金属のシートで包んで、バターや調味料を入れた上で蒸し焼きにした」

そう説明すると、ソニアは先ほどとは打って変わって興味津々といった様子で身を乗り出す。

「どちらも初めて見る料理ですね。それに、この銀色に輝く包み……見たことがありません」

ダルガは目を細める。

「金属じゃと言っておったな……？　ここまで金属を薄く均一に引き延ばすなんて……すさまじい技術じゃぞ！」

あ、食いつくのはそっちか。

でも、よく考えてみるとアルミホイルも高い技術力がないと作れないんだろうな。

それがたった百円で売っているのだから、尚のことすごい。

「確かにアルミホイルはすごいが、とりあえず今は食おうぜ。そんでダルガ、今日は何を飲む？」

俺の言葉に、ダルガは真剣な表情で唸る。

「そうじゃな……最初に飲んだウイスキーとやらもよいが、昨日のビールっちゅう酒も最高じゃったし悩むのう。ユウスケのおすすめはどっちじゃ？」

「そうだな。今日の料理にはウイスキーよりはビールだな。あとワインも合うぞ。今日はビール二本と、ワイン一本でどうだ？」

「ほう、二種類も飲めるのか。よし、それでいこう！」

「よっしゃ。それじゃあこいつとこいつでと……」

ストアでビールと赤ワインを購入する。ワインは二千円ほどの物を選んだ。

ちなみに、俺もいただく予定だ。

ワインを俺とダルガのグラスに注ぎ、ソニアにはお茶を渡す。

乾杯したあとに、食事に手を付ける。

「このアヒージョという料理……香辛料がとても効いていて、美味しいですね。貝やエビの味がたっぷりと油に染み込んでいます。勧められた通りパンに油をつけてみたのですが、小麦の香りと食材の芳醇(ほうじゅん)な香りがマッチしていて、最高です！」

そんなソニアの言葉を聞いて、先にホイル焼きを食べていたダルガがアヒージョにも手を伸ばす。

「むほっ！　こりゃいい酒の肴(さかな)になるのう。こっちの包み焼きも美味かった。胡椒……だけでなくいろいろな香辛料が使われておるな」

「そういえば、香辛料ってこっちだと高価なのか？」

俺の質問に答えたのは、ソニアだった。

「高級品ですよ。日常的に使えるのは、貴族くらいのものです」

元の世界でも、確か昔は香辛料は高価だったと聞く。

そう考えると、こっちで香辛料が高額だったというのも、納得だ。

ふむ……街で香辛料を転売すれば、一儲けできるかもしれないな。

そんなことを考えていると、ダルガが叫ぶ。

「かあああ、やっぱりこの冷えたビールは最高じゃのう！　それにこのワインもそこらの質の悪いもんとは大違いじゃ。この味、この香り……たまらん！」

ワインに使うブドウも日本の米と同じで、美味しくなるように品種改良されているから美味くて当然だ……ってダルガよ、ワインとビール両方一緒に飲んでいるのか。やっぱドワーフすげぇ……

今日もこんな風に、賑やかに食事の時間が過ぎていく。

明日は管理棟の組み立て作業だ。頑張らねば。

◆　◇　◆

翌日。土台が乾いたのを確認して、壁や屋根を組み上げていく。

本来であればコンクリートが中まで乾くのはまだしばらくかかるが、魔法によって速乾性を上げてもらったため、大幅に時間を短縮できたのだ。

昨日ダルガが木材に何らかの魔法を使っていたから、何をしているのか聞いた。すると、『木材の水分を乾かして腐りにくくしつつ、強化している』という答えが返ってきたため、コンクリートにもかけてもらったんだが……上手くいってよかった。それにしても、魔法万能過ぎるだろ。

組み立てを実際に行うのはダルガとソニア。

片や俺は「今日もいい天気だな〜」なんて言いながら、ストアで購入した金槌でキャンプ場の周りに配置する予定の柵に釘を打つ。

……いやサボっているわけじゃないからな⁉

「オーケーじゃ。そのままゆっくりと下ろしていいぞ」

「承知しました」

「よし、次は儂がそっちの壁を持つから、そこの壁を頼む」

「こちらですね。お任せください」

そんな風に、身体強化魔法を使ったダルガとソニアの二人が、木の板の壁を軽々と持ち上げて管理棟を組み立てていく。

俺もなんでもいいから、魔法を使えるようになりたい……

そう嘆いていると、木の壁を持ったソニアが近くに立っていた。

「役立た……ユウスケ、そこに居られると邪魔なので、ちょっとどいてください」

「お前今、役立たずって言おうとしただろ！」

自覚はあるんだから、そんなこと言わないでくれよ！　傷付くだろ！

それに俺が役立たずなんじゃなくて、お前らが有能過ぎるだけだからな！

なんて思うが、建物がみるみるうちにでき上がっていくのを目にしているから、口には出せない。

ソニアが木を物すごい勢いで切り、ダルガがあっという間にそれを組み立てる。

……うん、確かに俺いらないね。

日が暮れる前に、管理棟の大部分ができ上がってしまった。

晩飯を摘まみながら、俺は言う。

「……正直驚いた。まさかたった二日で管理棟がここまでできるとはな」

今日の晩飯は生姜焼きだ。

タレは市販の物を使っているから楽をさせてもらった。

ただ、正直市販のタレを使ったほうが間違いないんだよな。

ダルガが首を横に振る。

「ソニアのお陰じゃ。儂一人だけじゃったら、あと三日はかかったと思うぞ」

「五日あれば一人でも建てられるのかよ……」

戦慄する俺に、ダルガは尋ねてくる。

「それにしてもこの電灯っちゅうもんは不思議じゃな。既に日が暮れておるというのに部屋の中がこんなにも明るくなるなんてのう。光魔法っちゅうわけでもないみたいじゃ」

「ああ、これは電気っていう魔法のようなエネルギーを使った魔道具だ。屋上に設置したソーラーパネルっていう魔道具を使って、太陽の光を集めてその電気に変換しているんだよ」

ストアは、ソーラーパネルまで取り扱っているらしく、驚いた。

しかも想像よりだいぶ安く売られていたし。

そんなソーラーパネルで得た電力を、大型のバッテリーに溜めておいて出力しているわけだが……まさか異世界でも電気が使えるなんてな。

ちゃんと防水処理された電気ケーブルを通して各部屋の電灯に繋げてあるから、管理棟の中はいつでも明るい。

「ふむ、よくわからんがこんな便利な物は街でも見たことがないぞ。こいつを大量に作ることはできんのか？」

「俺も詳しい作り方は知らないんだ。知っているのは遠く離れた俺の故郷の友人だけ。だが、やつとはもう会えないし、大量に生産するのは無理だな」

実際には金さえあればストアでいくらでも買えるのだが、さすがに元の世界の物をこっちの世界にバラまくのはヤバそうだからな。商人や貴族たちに目をつけられたくはない。

「なんて素晴らしい。これがあれば夜でも漫画を読むことができますね！」

「そ、そうだな……」

先ほどからこの駄目ダークエルフは、アウトドアチェアに横になり、ダラダラと漫画を読んでいる。

今日も人並みどころか、普通の人の十倍は働いてくれたから文句は全くないのだが、この先冒険者として復帰できるのかと心配にはなる……

「ともあれ、明日管理棟の仕上げを終えて、炊事場、見張り小屋兼受付、柵を作ればいよいよキャンプ場は完成だな。思ったよりもだいぶ早く終わりそうで、助かったよ」

「儂としてはもう少し酒を楽しみたかったんじゃがな。職人として手は抜けんわい」

「はは、本当にありがたい限りだ。客として来てくれればいつでも歓迎するよ。客なら、金さえ払えばもっと酒を飲ませてやるし」

「そいつはありがたい。ただ、儂としては今すぐこの酒を浴びるほど飲みたいんじゃがな」

「明日も作業があるから、ほどほどで頼むよ。これ、酒精が強いし」

今日のダルガの酒は、ウイスキーだ。

ビールもいいけど、いろいろな酒を味わってみたいんだとさ。

「私もお金を払うので、ケーキをもっと食べさせてほしいです」

そう口にするソニアに、ジト目を向ける。

「……これ以上食べたらさすがに太ると思うぞ。たぶんケーキはキャンプ場では出さないと思うけれど、ソニアには特別に出してやるか」

キャンプ場にケーキはあまり合わないから、ここでデザートを出すとしても、果物やマシュマロやゼリーなんかかなーって考えていた。

だが、ソニアは想像以上に俺を手伝ってくれた。裏メニューとして出してやるさ。

そんな風に思いつつ、ソニアを見るが、なぜか彼女は浮かない顔。

どういうことだ……？

そんなことがありつつも食事が終わり、今日は管理棟で夜を過ごすことになった。

テント泊もいいのだが、やはり屋根があって広々とした場所で寝られるというのはとても快適だ。

第五話　落ちこぼれエルフ

次の日、ついに管理棟が完成した。

ついにとは言っても、一週間も経たずに完成しているわけだが。

入ってすぐの場所は、そこそこ大きな部屋になっている。

ここで物品を貸し出したり、食材を売ったりしようかと考えているのだ。

そういったスペースを作ったところでまだ余裕がありそうなので……そうだな、雨が降っている日に読書を楽しめるようにしてもいい。

部屋の右手には、トイレに続く扉がある。

そして、部屋の奥の扉の先は、俺や従業員が使うスペースになる。

扉を開けてすぐの部屋は、キッチンとダイニングだ。
七、八人は入れるから、従業員をそれほど多く雇うつもりもないし、問題ないだろう。
そしてその部屋の左手と右手にある扉は、それぞれ従業員用の部屋に繋がっている。

どちらも三人くらいは寝泊まりできるようになっているので、男女分かれて使ってもらえばいいかという考えだ。

また、奥の扉を入ると俺や従業員が使う風呂がある。これは風呂場の裏から加熱する仕組みになっていて、薪で火を熾したり、火魔法でお湯を沸かしたりできるようになっている。

建物内はこんなところだ。

しかし管理棟は屋上にも上がれるようになっており、そこにはソーラーパネルと水を溜めるタンク、そして俺の部屋がある。

俺の部屋は六畳ほどの小さなプレハブ小屋みたいな造り。

ストアで買ったベッドと机、椅子しかないシンプルな部屋ではあるが、俺にはこれで十分だ。

ところでダルガが言うには、この管理棟は縦にも横にも増設できるように造ったとのこと。

今後何かあったら、またダルガに頼むとしよう。

管理棟ができたことで『もう少しでこのキャンプ場も完成するんだな』と実感が湧いてくる。

となるとそろそろ従業員を雇わなければならないし、宣伝だってしなければならない。

考えなければならないことが、たくさんあるな。


「このあたりで大丈夫ですか？」

「ああ、そこで大丈夫だ」

「ではここに固定しますね」

そんな風に、ソニアにキャンプ場周りに木の柵を立ててもらう。

彼女とダルガが管理棟を造ってくれていた間、俺がちまちま作っていた柵である。

動物や魔物などが勝手にキャンプ場に入ってこないようにするため、背はかなり高めだ。

木の柵なんて、本来であれば簡単に壊せるのだが、俺の能力である結界内では暴力行為が禁止されている。また、俺の結界は侵入を防ぐことはできないが、キャンプ場全てをその範囲内に含めることができるくらいには広い。

故に、結界の内側に木の柵を立てるだけでもかなりセキュリティがしっかりするはずだ。

そんな狙いをソニアに説明すると、彼女は感心したように言う。

「それにしても結界の範囲は、想像以上に広いのですね。城の警備の仕事でもすれば一生遊んで暮らせますよ」

「言われてみれば、確かにそうかもな。でもそれだと、使い手を暗殺すれば結界を解除できるって話になって、真っ先に俺が狙われるじゃん。俺は政治とかにかかわらずのんびりと過ごしたいんだよ」

「……これだけすごい能力を持っていながら、こんな辺鄙な場所で宿泊施設を造ろうとしている時点で、そうなのでしょうね」

俺はそんなソニアの言葉に、うんうん頷く。

そうそう、俺は富や名誉を得るより長年の夢だったキャンプ場を作ってのんびり過ごしたいんだよ。

「きゃあああああ！」

突如、女性の悲鳴が周囲に響き渡った。

「な、なんだ!?」

ソニアがキャンプ場の入り口のほうを指差す。

「すぐそこの入り口の方向からです！　先に行きます！」

今あのあたりでは、ダルガが小屋を造っているはずだ。

結界の範囲内だから怪我することはないだろうが、急いで向かわねば。

「何があった‼」

ソニアから遅れること数分、ようやくキャンプ場の入り口に辿り着いた。

「な、何がどうなっているんでしょうか～」

そこにいたのは、五体の狼型の魔物に囲まれた、長い金髪に白い肌をした女性だった。

耳が尖っているのを見るに、エルフだろう。

弱々しい声を上げているが、傷一つない。良かった。

そこから少し離れたところにいるダルガが、感嘆する。

「ほう……これがユウスケの結界っちゅう能力か。初めて見たが、すごい力じゃのう」

ソニアも頷く。

「複数の敵から攻撃を受けるとこうなるのですね。私からの攻撃も弾かれてしまいましたし……これはどうしましょうかね……」

「え、えっと、誰か助けてください～」

エルフの女性を取り囲んでいる五体の狼型の魔物は、彼女に噛みついたり、爪を立てようとしたりしているのだが、俺の結界能力により、彼女の身体に触れることさえできていない。

とはいえこちらからも攻撃できないし、どうしたものかな？

『結界内にて犯罪行為が既定の回数を超えました。対象を結界外に排除し、結界内への侵入を禁じますか？』

いきなり、頭の中に無機質な声が響いた。

俺は思わず声を上げる。

「うおっ⁉」

「ユウスケ、どうしました！」

心配するソニアを落ち着かせようと、掌で彼女を押し留める。

「だ、大丈夫だ！　ちょっとビックリしただけだ」

で、なんだっけ？　対象を結界外に排除し、結界内への侵入を禁じるか？　イエスだ、イエス！

どう選択すればいいのかわからないが、あの狼どもをどっかにやれるならやってくれ！

俺が頭の中でそう念じた瞬間、女性を囲んでいた狼どもが消えた。

結界の範囲外に強制的に転移させることができたってことか？

っていうか、結界ってこんなこともできるのかよ⁉

エルフの女性もダルガもソニアも、口をあんぐり開けて驚いている。

「……すまん。俺も今知ったんだが、結界には何度か犯罪行為を行った者を結界の外に排除する力もあるらしい」

俺の言葉を聞いて、ダルガとソニアが呆然としながら言う。

「ま、まさか転移魔法まで使えるとはのう……」

「……転移魔法。この国でも数人しか使うことのできない高位の魔法ですね」

やべ、もしかして珍しい魔法なのか。

結界外に追い出しているだけで、俺が転移魔法を使えるわけではないんだけど……

さてどう誤魔化したものか。

なんて考えていると、ちょうどいいタイミングで声をかけられる。

「あ、あ、あの、私……サリアと申します。この度は危ないところを助けていただきまして、本当にありがとうございました！」

エルフの女性——サリアさん。改めて見ると、彼女も大層な美人だ。

背中まで伸びたロングの金髪と、透き通るような碧眼は芸術品のようだし、肌も陶磁器のように白く透き通っている。

ソニアといい、エルフ族って、美男美女しかいないチート美貌種族なのか？

見た目は女子高生くらいに見えるけど……それこそエルフだし当てにならない。

そんな彼女は右手にナイフを持ち、動きやすそうな防具を身に着けている。

このあたりで狩りでもしていたのかもしれない。

そう思いつつ、俺も挨拶を返す。

「俺はユウスケだ。無事で何よりだよ。それよりも、どうしてこんな場所に？」

「あっ、はい！　実は……」

ぐうううう～！

「はうっ!?」

サリアさんのお腹から、それはそれは大きな音が鳴った。

顔を赤らめながら、彼女はもごもごと言う。

「はう……あの、え、えっと、実はその……」

「ははは、こんな場所で立ち話もなんだよな。ちょうど俺らもこれから昼飯を食べる予定だ。ご馳走するから、一緒にどうだい？」

「は、はい！　あの、ありがとうございます！」

そんなわけで今日は天気もいいことだし、外でバーベキューすることにした。

やっぱりキャンプ場で大人数で飯を食うなら、これに限るよな！

炭に火を点けるのはダルガに任せて、俺は肉や野菜をカットしていく。

その最中、サリアさんに聞く。

「サリアさんは食べられない物はあるか？」

「と、特にないです！　あ、呼び捨てで呼んでいただいて大丈夫です」

「わかった。じゃあ俺のことも、ユウスケって呼んでくれ」

そんなやり取りをしていると、ソニアが言う。

「ユウスケ、今回もあのタレを出してくれるんですよね!?」

「おう、今出すから、小皿に注いでおいてくれ」

そういえばソニアとキャンプ場の候補地を探した初日もバーベキューだったから、ソニアは金色のタレの味を知っているんだよな。

そんなことを思いながら、俺はストアから取り出したタレをソニアに渡す。

ちなみに、既にサリアには物を取り出せる能力のことは伝えてある。

収納魔法の一つだと伝えているのは、ダルガに説明した時と同様だ。

「ユウスケ、火はこんなもんでどうじゃ？」

コンロを覗き込むと、しっかり火が点いていた。

「お、もう十分だな。よし、それじゃあどんどん焼いていくからどんどん食ってくれ。サリアも遠慮しないでいいぞ。その代わり、あとで味の感想を教えてくれよ」

「は、はい。ありがとうございます！」

そう言いつつ、サリアは網の上をじっと見つめる。

その横で、ダルガがいち早く、焼けた肉をタレに浸して口に放り込んだ。

「むほほ、こりゃ美味いのう！　ただ焼いただけの肉が、このタレを付けると別物になっとる！」

すると、なぜかソニアが得意げに説明する。

「ええ、このタレは金色の味というのですよ。甘辛く、どんな食材にも合うのです！」

それを聞いて、サリアもようやく肉を食べた。

「お、お、美味しいです！　こんなお料理、初めて食べました！」

うんうん、初めて食べるダルガとサリアにも好評でよかった。

それにしても昼間っからバーベキューなんて、最高だな。

よし、もう午後は休みにして飲んじゃうか！

こうやって気分次第で休めることこそ、スローライフの醍醐味だぜ！

「よし、今日の午後は休みにしよう！　腹一杯食べて昼寝してもいいし、酒を飲んでもいいぞ！　ってか俺は飲む！」

そんな俺の言葉に、ダルガとソニアが歓喜の声を上げる。

「その言葉を待っていたぞ！　ユウスケ、早く酒を出すんじゃ！」

「……最高です！　お腹いっぱい食べて、横になりながら漫画を読みましょう！」

「二人とも相変わらずだな。サリアはお酒を飲めるか？」

俺がそう聞くと、サリアはこくりと頷く。

「は、はい！　あまり強くないお酒なら飲めます」

強くない酒か。酎ハイとかかな。じゃあ俺も今回は、酎ハイを飲もう。

「俺とサリアは酎ハイっていう酒にするけど、ダルガはどうする？」

「なぬ、また新しい酒じゃな！　う～む、ビールも捨てがたいが、新しい酒も気になるのう……よし、一杯目はその酎ハイをもらおう！」

「わかった！」

レモン味の缶酎ハイをストアで三本購入。

ダルガにはそのまま、サリアの分はこっちでフタを開けてから渡す。

サリアは初めて見る缶に驚きつつも、一口飲み――

「ふわっ、冷たいです！　それに、口の中でシュワシュワって弾けます！」

ダルガも満足そうに言う。

「むむ！　確かに酒精はそれほど強くないが、飲みやすくていいのう。果汁を入れた甘い酒も、思ったより悪くないのう！」

そんな二人の反応を見つつ、俺も一口。

「ぷはあ！　昼から飲む酒は格別だな！」

みんなが忙しく働いている時間帯に飲む酒。コイツが一番美味く感じてしまうんだよなぁ！

すると、ソニアが頼んでくる。

「ユウスケ、私にもケーキをください！」

「おう、今日の分だな……ソニア、バーベキューにピッタリの菓子があるんだが、そっちにしてみないか？」

「そんな物があるのですね。はい、ユウスケに任せます！」

「それじゃあソニアには三袋やろう。とはいえ、一回で食べるには多い。今日全部食べないで、余った分はまたバーベキューをやる時に食べるんだ……そうだな、みんなで分けて食べる分も買っておくか」

ストアで**あるお菓子**を四袋と、竹串を購入する。

そして、どう食べるかを実演してみせる。

「こうやって串に刺して少しだけ火に近付けるんだ。あんまり近付けるとすぐに焦げちゃうから気をつけろ。全体に少し焦げ目が付いたら熱々のまま食べると……うん、いけるな！」

バーベキューのデザートの定番である、焼きマシュマロ。

マシュマロをただ少し焼いただけで、外はカリッと中はトロリと甘い、立派なスイーツに大変身するんだよな。

ソニアは見様見真似(みようみまね)で早速挑戦するが……

「……ああ、焦げてしまいました。焼き加減がなかなか難しいですね」

「まあな。火の遠くで、じっくりと焼くのがコツだぞ」

俺が言った通り、ソニアはもう一回マシュマロを火に掲げる。

どうやら今度は上手く焼けたようだ。彼女はそれを口へ運び——

「——っ!?　とても美味しいです！　ケーキも好きなのですが、このマシュマロというのも温かくて甘くて……いいですね！」

サリアとダルガも焼きマシュマロに齧りつく。

「わあっ！　これ、甘くてとっても美味しいです！」

「ふむ、ツマミにはならんが、なかなかいけるのう」

この青空の下でダークエルフ、エルフ、ドワーフと一緒にバーベキュー。

なかなか面白い図だが、悪くない。

この世界に連れてきてくれた神様に、改めて感謝しないといけないな。


「ふう～食った食った」

「しばらくは動けません」

「儂もじゃ。それにこの後ろに倒れる椅子も心地よくていいわい。このまま寝てしまいそうじゃ」

俺もソニアもダルガも満腹で、動けなくなってしまった。

アウトドアチェアにもたれかかりながら、ダラダラと食休みをしている。

そんな中、サリアは座ったまま居住まいを正し、頭を下げてくる。

「本当に美味しかったです。ご馳走になりました。それで、先ほどのお話なのですが……」

「ああ、どうして魔物に追われていたんだ？」

俺もちゃんと座り直しつつ、そう聞いた。

やべ、サリアの話を聞くことを完全に忘れてしまっていた。

バーベキューに満足して、このまま昼寝するところだったよ。

それにしても、サリアがなぜここに来たのかは気になるところだ。このあたりは街からも山からも少し離れているし、道に迷いでもしなければ辿り着かないはずだし。

「はい、実は一人で狩りをしていましたら、先ほどのグレートウルフの群れに遭遇してしまって……大半はなんとか振り切れたのですが、あの五体だけは足が速く、追いつかれるのも時間の問題でした。そんな時にこの建物が見えたので、助けを求めようとしたのですが、その前にグレートウルフたちに追いつかれてしまったのです。一度は死を覚悟したのですが、ユウスケさんのお力に助けられました。本当にありがとうございます！」

「儂も悲鳴を聞いてすぐに駆けつけたんじゃが、間に合わなかったんじゃ」

「ええ、私が行った時には既に彼女はグレートウルフに囲まれていました。この子を救ったのは間違いなく、ユウスケですよ」

かなり危ない状況だったんだな。助けられてよかった。

それに俺としても、あれだけの数の魔物がいたとて結界内であれば危害を加えられないと証明できたのは、今後の安心材料になる。

「間に合ってよかったよ。このあたりは魔物の群れが頻繁に出てくるのか？」

俺の質問に答えたのは、ソニアだった。

「いいえ。そもそもグレートウルフはほとんど群れで動かないのですが、本当にごく稀にボスとなる固有個体が現れます。そいつがグレートウルフを束ねると結構厄介です。単体ではDランク冒険者でも楽に倒せるくらいの強さなのですが、Cランク冒険者が手を焼くくらいの強さになります。この子はよっぽど運が悪かったのでしょう」

Aランク冒険者のソニアが言うのなら、その情報に誤りはないはずだ。

しかし、そんな魔物の群れがこのあたりに棲みついてしまったらヤバいな。

「こういう場合って、冒険者ギルドに報告とかしておいたほうがいいのか？」

「いいえ、これも護衛依頼の範囲内ということにしておきましょう。時間のある時に私が周囲を探索して排除しておくので、報告の必要はありません」

「お、おう。さすがソニア、頼りになるな！」

ソニアがイケメン過ぎるのだが……

どうやらサリアも同じようなことを思ったらしく、羨望（せんぼう）の眼差しをソニアに向ける。

「す、すごいです！　あのグレートウルフの群れを倒せるなんて、ソニアさんは強い冒険者さんなんですね。すみません、私の生まれ育った村は田舎（いなか）で、全然そういった情報が入ってこないので、知らなくて……」

「サリアの村はここから近いのか？　よかったら村まで送っていくぞ」

『俺じゃ絶対に無理だから、ここにいるイケメンソニアがな』とはダサ過ぎるので口には出さないでおく。

しかし、サリアはその申し出を断る。

「いえ、ここからそれほど遠くないので大丈夫です。お気遣いありがとうございます」

「そういえば街で人に聞いた話だと、ここからしばらく歩かないと何もないって聞いたんだが、本当に近いのか？　遠慮していないか？」

「場所は教えられないのですが、近くに私たちエルフ族しか住んでいない小さな村があります。人族はほとんど立ち寄らないので、たぶん知られていないのでしょう」

なるほど、エルフが住む村か。そこにはやはり、世界樹があるのだろうか。

落ち着いたら、一度くらいは行ってみたいものだ。

あ、そうだ。ご近所さんなら今後お客さんになってくれる可能性もあるのか。宣伝しておこう。

「今度ここでキャンプ場という宿泊施設をオープンするんだ。泊まらなくても、料理を食べたり、本を読んだりできるから、村の人たちに宣伝しておいてくれないか」

「ええ、もちろんです。先ほどのお料理もお酒もマシュマロも、とっても美味しかったです！　あの……私もまた来ていいですか？」

「もちろん大歓迎だ。この近くに村があるなら挨拶もしておきたいな。村長さんにもよろしく伝えといてくれ」

キャンプ場を運営する上で、ご近所付き合いはとても大事だ。

何かあった時に助け合えるというだけでなく、キャンプ場に来たお客が、迷惑をかけてしまうかもしれないから、心証はよくしておくに限る……ちょっと打算的かもだが。

「わかりました。村長に伝えておきますね」

「ああ、よろしく頼む。それにしても一人で狩りって、危なくないのか？」

「いえ、村のみんなにとってグレートウルフは群れでも大した脅威じゃないのです。私はその……落ちこぼれなので……」

「落ちこぼれ？」

「はい、村のみんなはとても強くて、いろんな戦闘用の魔法が使えます。でも私は落ちこぼれなので、戦闘用の魔法が上手く使えないのです」

「な、なるほど……」

少し暗い顔で自分のことを『落ちこぼれ』だと言うサリア。

戦闘用でなくとも、魔法を使えるだけでも十分だと思うのは俺だけなのかな。

俺は声を潜めてダルガにこの世界の魔法事情を聞いてみる。

「なあダルガ、この国だと魔法が使えないと、落ちこぼれになるのか？」

「エルフ族は非常に魔法に長けた種族じゃ。人族と異なり、基本的には全員が魔法を使える。ちなみにじゃが、ドワーフ族は五人に一人、人族は十人に一人くらいの割合で魔法が使えるんじゃ。まぁ、おおよそでしかないがの」

神様からチート能力をもらった俺が言うのもなんだが、この世界において魔法の才覚は種族によって結構なバラつきがあるんだな。

そんなことを考えていると、ソニアがサリアに尋ねる。

「サリアさん、失礼ですが歳はおいくつですか？」

「え、えっと今年で十七になります」

十七ということは、元の世界では高校生か。どうやらサリアは、見た目通りの年齢らしい。

あれ、ということは……

「あ、あの、サリア……その年齢でお酒飲んでも大丈夫なんだっけ……？」

「え？　飲酒に年齢制限なんてありましたっけ？」

「ならいいんだ。変なことを聞いてすまなかった」

念のため確認したが、異世界では飲酒の年齢制限がないようで本当によかった。

ほっと胸を撫で下ろす俺を横目に、ソニアは言う。

「あなたはまだとてもお若い。その歳で自分を落ちこぼれなどと卑下してはいけませんよ。きっとあなたの村にいる他のエルフたちの中にも、あなたと同じように魔法が最初から得意ではなかった者もいると思います。あなたが力を付けていくのはこれからです」

「……ソニアさん。あの、ありがとうございます」

さすが長生きしているだけあっていいことを言うな。

そういえばソニアの年齢は何歳なんだろう？

「さすが齢百をとうに超えるダークエルフ、年の功じゃのう。いいこと言うわい！」

どうやらダルガは、地雷を踏み抜いたらしい。

ソニアは低い声を発する。

「……一度目ですから許しますが、今度私の年齢について触れたら刻みますよ」

「ま、待て待て待て！　わかったから剣を構えるのはやめい！」

……こ、こええ。

結界の範囲内だから攻撃されないとわかっていても、物すごい殺気に思わず身震いしてしまう。

どうやらソニアに歳の話はしてはならないらしい。危ないところだった。

俺はバクバク言う心臓を押さえながら、口を開く。

「ま、まあソニアの言う通り、サリアはまだまだこれからだよ。それに今回グレートウルフの群れに遭遇したのは運が悪かっただけさ。落ち込むことないって」

「ユウスケさん……ありがとうございます。助けていただいた上に美味しいお料理もご馳走になって、少し元気が出てきました！　あの、改めてお礼に参ります！」

「こっちもいろいろ感想を聞けて良かった。今度来る時までには、キャンプ場が完成していると思うから、お礼とかじゃなくって普通に遊びに来てくれると嬉しいな」

「は、はい！　必ずまた来ます！」

こちらとしてもバーベキューや酎ハイやマシュマロが、エルフにも刺さるのだとわかったのは、収穫だ。それにこれで常連になってくれたら、大変助かるわけだし。

「さあ、話も終わったことですし、もっとマシュマロを食べましょう」

「そうだな。って、もう二袋目!?」

ソニアの手元に視線を向けると、彼女は新しい袋を開けようとしていた。

さすがに一人で三袋は多いだろうし、残りは収納魔法で保存しておいてもらえばいいかって思っていたのに……

愕然とする俺を横目にソニアは竹串をマシュマロに刺して、火に近付けるが……

「おっと、火が消えかけていますね」

「むむ、これはまた火を熾さないと駄目か……」

ソニアとダルガの言う通り、いつの間にか火が消えかけている。

話に夢中になっていて、しばらく新しい薪を入れるのを忘れていたからな。

すると、サリアがコンロに向かって手を掲げる。

「あ、でしたら私に任せてください。えい！」

サリアが手を前に出すと、何もない空間にいきなり火が現れた。

俺は驚きのあまり、「おお！」と声を上げてしまい、ダルガは火の上に細い薪を置きながら、にやりと笑う。

「ほう、嬢ちゃんは火魔法が使えるんじゃな」

「はい。でも私は才能がないから火を出すことと、水や氷を出すことくらいしかできなくて……」

「え、水魔法と氷魔法も使えるの!?」

それってすごくない!?

思わずテンションが上がってしまった俺とは対照的に、サリアは浮かない顔。

「使えるといっても基礎中の基礎みたいな魔法だけです。威力のある攻撃魔法は使えませんし。こんなんだから落ちこぼれなんです……」

「サリア!!」

大きな声を上げてしまったからか、サリアは固まる。

「は、はいい!?」

「うちのキャンプ場で働かないか！　ちょうどサリアのような人材を探していたんだ!!」

キャンプにおいて、火起こしは結構大変だ。

それに、毎日川の水を汲んでくるのはかなり手間がかかるため、あまり現実的ではない。

そんな二つの問題を一人で解消できるなんて……最高じゃないか！

なんというタイミング！　ちょうど水魔法を使える人を雇おうと思っていた中で、こんなことってあるのか！

「……てい！」

「痛え！　何すんだ⁉」

ソニアがいきなり俺の腕にチョップしてきた。

地味に痛くて、声を上げてしまった。

「とりあえず落ち着いてください。サリアも驚いています。そしてセクハラです」

「セクハラ⁉」

気付かぬうちにサリアの手を握ってしまっていたらしい。てかこの世界にセクハラってあるのか⁉　さすがにここで逮捕とかシャレにならん！

全力で頭を下げる。

「あ、いや、本当にすまん！　実はこのキャンプ場で雇う従業員を探しているんだ。で、一人は水魔法を使える人を雇いたいなと思っていたから、渡りに船だ！　って興奮してしまって。あと手を握ってしまってごめんなさい！　セクハラで訴えるのだけは勘弁してください！」

しかし、サリアはふわりと笑う。

「い、いいえ、全然大丈夫です！　えっと、セクハラというのはよくわからないですけれど……大丈夫ですよ。あの……こんな落ちこぼれの私なんかより、村の人たちを紹介しましょうか？」

「いやいや、水と火が出せるだけで十分！　それにサリアみたいな可愛い子が従業員として働いてくれたらお客さんもいっぱい来てくれること間違いなしだ。だから君がいいんだよ！」

「かっ、可愛い⁉　私がいい⁉」

優秀な魔法使いなんて、給料をいくら払えばいいのかわかったものじゃない。むしろサリアのようにそれしかできない人のほうが、安く雇えて助かるという打算もある。それに俺みたいなむさいおっさんよりも、サリアみたいな可愛い女の子が接客してくれるほうがいいに決まっている。

そんな意図から出た発言だったのだが、なぜかソニアが無言で睨んでくる。怖い……

別にこれはセクハラじゃないだろ。

ってかサリアが知らない『セクハラ』という概念を知っていたのは、漫画の影響だろうか……

やがて、サリアが頭を下げてくる。

「あ、あの！　こんな私でよければ、ここで働かせてほしいです！」

「よっしゃあ！　給料は他よりも多く出すから、期待していてくれ」

そんな自分の発言で思い出したが、従業員たちの給料を決めないといけない。

他のところで働くよりもいい給料と待遇を用意しよう。

このキャンプ場は俺が前世で勤めていたところみたいなブラック企業ではなく、超絶ホワイトな職場にしてみせる！　……ともあれ、それは一旦後回しだ。

サリアは言う。

「はい。あっ、でも一応両親には確認したいので、このあと一度村に戻りますね」

「ああ、そうだな。ご両親の許可は取っておかないと。なんなら一度、ここに招待してみてくれ」

「わかりました。聞いてみます」

「よし。でもまずはここの施設を案内させてくれないか？　まだできたばかりで、足りない物もいっぱいあると思うが、何か気付いたことがあったら遠慮なく言ってくれ」

「は、はい。わかりました！」

そんな俺らの会話を聞いて、ダルガが笑みを浮かべる。

「ふむ、ユウスケもよい従業員を雇えたようじゃの。嬢ちゃん、儂もここの常連になるからのう。これからもよろしく頼むぞ」

「はい！　ダルガさん、こちらこそお願いします」

「おう！　それじゃあ儂はもう少し酒でも飲むとするかのう。今日は久しぶりにひたすら飲むぞ！」

すると、横にいたソニアが低い声でボソッと言う。

「……では私は、グレートウルフを排除してきますね」

「え!?　別に今行かなくてもいいぞ。せっかく今日は休みにしたんだし、ゆっくり漫画でも読んでいればいいじゃないか」

そんな俺の言葉を聞いても、ソニアは揺るがない。

「……ちょうど狩りをしたい気分なので、行ってきます」

「あ、はい……」

何やらソニアの圧がすごいんだが。

どういう理由で、機嫌が悪くなっているんだ……？

第六話　不機嫌の理由

キャンプ場の案内が終わり、サリアが帰ることになった。

「それではお世話になりました。両親との話が終わったら、すぐに戻ってきます。恐らく明後日くらいになるかと。あと村長にも、このキャンプ場のことを伝えておきますね」

「ああ、よろしく頼む。本当に一人で大丈夫か？」

「ええ、村の場所は秘密なので。それにソニアさんがこのあたりの危険な魔物を狩ってくれたので、安心して帰れます」

そう、あのあとソニアはサリアを案内している間――一時間にも満たない時間で、グレートウルフの群れを狩ってきた。

狩ったのは、グレートウルフだけではない。他の危険な魔物まで諸共(もろとも)である。

さすがAランク冒険者だ。

ちなみに魔物の素材は、あとで街の冒険者ギルドに売るらしい。これだけで金貨何十枚から何百枚もの稼ぎになるそうだから、やはり高ランク冒険者はとんでもない。

ソニアもこのままキャンプ場で働いてくれればありがたいのだが、雇える金なんてないのがとても残念だ。

俺はサリアに向かって、右手を上げる。

「それじゃあ気を付けて」

「はい。助けていただいて本当にありがとうございました。またすぐに戻ってきますね」

「ああ、待っているぞ！」

こうして、サリアはエルフの村に帰っていった。

さて、それじゃあ管理棟に戻るか……と思ったら、酒を飲みまくったダルガが眠ってしまっているではないか。

「なんだ、ダルガは寝ちまったのか。しょうがない。ソニア、手伝ってくれ。管理棟の中に運んでやろう」

「ユウスケ一人でやってください。私は漫画を読むのに忙しいので」

「……なんでそんなに機嫌が悪いんだよ」

昼のバーベキューまではあんなに楽しそうだったのに、そのあとからソニアの機嫌が一気に悪くなった気がする。

酔っ払って寝てしまったダルガを一人で運び、ソニアと二人で軽めの晩飯を食べて、その日は早めに寝た。

漫画を読んでもケーキを食べても、なぜかソニアはむくれたままだ。

一体何に怒っているんだよ……

◆　◇　◆

翌日の夕方。

全ての建築が終わり、ダルガが汗を拭いつつ俺に言う。

「よし、これで完成じゃな。久しぶりにいい仕事をしたわい」

「まさかこんなに早く完成するとはな。本当に二人のお陰だよ」

「儂のほうこそ久々に楽しめたわい。美味い飯に酒、最高じゃったのう。ここが正式にオープンしたら、すぐに来るからな」

「そう言ってもらえてよかったよ。あとはサリアが戻ってきて、商業ギルドに届出を出したら正式オープンだ。いい酒でもてなすから、知り合いをたくさん連れてきてくれよ」

「ガッハッハ、任せておけ。酒をたっぷり用意して待っておれよ！」

「おう、まだ飲ませていない酒も、たくさんあるから、楽しみにしておいてくれ。ソニアも本当にありがとうな。ソニアがいなければこんなに早く完成することはなかったよ」

俺がそう話を向けるも——

「……いえ、これが私の仕事ですから」

「「…………………」」

俺とダルガは、揃って口を閉ざすしかない。

ソニアの機嫌は、まだ直っていない。

「……おい、なんでソニアのやつはあんなに機嫌が悪いんじゃ？　儂が寝たあとに何かしたのか？」

声を潜めてダルガがそう聞いてくるが、俺は首を横に振る。

「いや俺にも全くわからん。昨日の昼頃から、なぜか機嫌が悪いんだよな」

「今日が最終日じゃというのに、何をやっておるんじゃ……まあええ、儂は外の柵の最終確認をしておくから、その間に早く仲直りせい。これじゃあ、せっかくの酒も不味くなるわい」

「ああ、すまんな。ちょっとソニアと話してみるよ」

こうしてダルガは、管理棟を出ていった。

ソニアはいつも通り、アウトドアチェアに座りながら漫画を読んでいる。

だが、纏う空気は鋭い。

なんとなく、出会った時を思い出しつつ、俺はソニアに話しかける。

「なあ、ソニア。いい加減に機嫌を直してくれないか」

「……なんのことでしょう。別に機嫌が悪くなどなっておりませんが」

いや、めっちゃ不機嫌じゃん！　横目で俺を睨んでいるし……

「何か悪いことをしたんなら謝る。ソニアには本当に感謝しているし、できればこれからも仲良くやっていきたいんだよ」

「……はあ。別にユウスケが悪いことをしたわけではないですよ。ただ、今日でユウスケの護衛と開拓作業の契約が終了してしまうわけですが、何か私に言うことはないのですか？」

ん、言うこと？

内心首を傾げつつ、慎重に言葉を選ぶ。

「さっきも言ったけれど、ソニアには本当に感謝している。ケーキも出すから、できればこれからもお客として来てほしいと思う」

「……ちっ」

舌打ちされたよ⁉

困惑していると、ソニアは低い声で言う。

「……サリアの時はあんなに熱心に勧誘していたのに、私には何もないのですね」

ん？　勧誘……？　このキャンプ場の従業員の話か？

いや、さすがにAランク冒険者を従業員として雇う余裕なんてないぞ。

「可愛いとか、サリアがいいとか、散々甘い言葉を並べて誘っていましたよね。それに対して、私は全く必要ないわけですね」

思いがけない言葉に、俺は首を横にぶんぶん振る。

「いやいやいやいや！　そりゃ俺だってソニアがここで働いてくれれば最高だよ！　強いし頼りになるし、俺が作ったご飯を美味しそうに食べてくれるし、一緒にいてとても楽しい。それにソニアはめちゃくちゃ綺麗だから、俺なんかが接客するよりもお客さんは嬉しいと思う。でもさすがにAランク冒険者を雇う金なんかないし、接客なんてさせるわけにもいかないだろ……」

「…………はあ。それでも最初に聞いてほしかったですね。私もユウスケと一緒に一からこのキャンプ場を作ってきたのですから」

「……そうだな。ソニアがここで働いてくれたらすごく助かるし、すごく嬉しい。ソニア、俺に力を貸してほしい！」

「ええ、いいですよ」

「……………え、いいの？

「………………本当にいいのか？」

「ええ。むしろ私からお願いします。私をこのキャンプ場で雇ってくれませんか？」

「あ、ああ。俺からしたら、願ってもない話なんだけれど、本当にいいのか？」

「何度も言わせないでください。給料はサリアと同じで構いません。これまでと同じように、食事とケーキと漫画を用意してくれれば、それで満足です」

「それくらいならお安い御用だが……本当にサリアと同じくらいしか出せないと思うぞ？」

「お金なら十分にあります。それに足りなくなれば、先ほどのように魔物を狩ればいいのです。この一週間は本当に毎日が新鮮で楽しかったのですよ。知らない国を旅することと同じくらい……いえ、それ以上に充実した日々でした。ここにお客としてくるのではなく、一緒に働きたいのです！」

「そうか、それは嬉しい限りだ。ありがとう、一緒に全力で頑張って……いや、ほどほどに頑張って、全力でスローライフを楽しもう！」

「ふふ、ユウスケらしいですね。はい、のんびりした生活を楽しみましょう！」

目指すのはスローライフだからな。こっちのほうが俺たちらしい。

それにしてもまさかソニアが、ここで働いてくれるとは思わなかった。

まあ、元の世界のご飯とケーキと漫画のお陰だと思うけど。

ともあれ、ソニアはここで働く決心をしてくれた。

なら、俺も誠意を見せねばな。

「そういえば、ソニアにまだ伝えてないことがあるんだ」

「はい、なんですか？」

「俺は、この世界とは別の世界からやってきたんだ」

◆　◇　◆

「……なるほど。この世界とは別の世界で死んでしまい、特別な力をもらってこの世界に転生した、と……」

ソニアに、俺が抱える事情を話した。

それこそ日本のことや、ストアの本当の能力についてまで、全てだ。

いつかは誰かに言うかもしれないと思っていたが、まさかこんなに早くその時が訪れるとは。

だが、たった一週間の短い付き合いだが、ソニアが真面目でいいやつだということはよくわかった。

彼女なら他の人に言いふらしたりしないだろうと、確信できたからこうして話したのだ。

「ああ。信じられないかもしれないけれど、本当の話だ。別の世界といっても、ちょっと文明が別方向に進んだ国だと思ってくれればいい。俺の世界には魔法がない代わりに、電気や石油という別のエネルギーがあるんだ。まあ自分でもおかしなことを言っている自覚はあるから、信じてくれなくてもいいし、なんだったら忘れてくれたって構わない」

「……いえ、言われてみると漫画や電灯など、ユウスケが出す物は、この世界では見たこともないような物ばかりでした。何か秘密があるとは思っていましたが、まさかこの世界の人間ではなかったとは……」

「とはいえ、元の世界に帰れないし、ちょっと特別な能力を持った一般人だと思ってくれればいい。ちなみに俺以外に別の世界から来た人は、この世界にいないのか？」

「少なくとも私は知りませんね。もしかしたら、誰にも言っていないだけかもしれませんが。それにしても、そんな大事な秘密を出会ったばかりの私に話してしまって、よかったのですか？」

それは俺すら思っていたことなので、思わず笑ってしまう。

「……本当はまだ誰にも言う気はなかったんだけどな。だけど……ソニアがここで一緒に働きたいと言ってくれて、思った以上に俺も嬉しかったみたいだ。だから誠意には誠意で返したかったというか……」

言っていてちょっと恥ずかしくなってきた。頬が熱い。

ソニアは真剣な顔で頷く。

「……なるほど。とはいえ、このことは私の胸の中に秘めておきます。ユウスケも別の世界のことは他の人に喋らないほうがいいですよ。悪意のある者が知れば、間違いなくユウスケを利用しようと考えるはずです」

「ああ、少なくとも今はソニア以外に話す気はないから大丈夫だ。それじゃあ改めてこれからもよろしくな！」

「やはりあなたは面白いですね。ええ、こちらこそよろしくお願いします！」

改めて握手を交わすと、ソニアがニッコリと笑った。

やはりソニアの笑顔には、かなりの破壊力があるな。


「ふう、柵の最終チェックも終わったぞ。ちゃんと結界の範囲内で、どこからも柵を壊せんかったわい」

戻ってきたダルガに、俺は礼を言う。

「ああ、助かったよ」

さっきから結界の暴力行為による警告が出ていた。

サリアを助けてから結界についていろいろと試していたのだが、頭の中でいろいろな設定ができるということがわかった。

犯罪行為をさせないだけでなく、規定回数を定めて、それを超える犯罪行為を行った場合に、自動で結界の範囲外に排除することもできるようだ。

反対に個人を指定して、その人物が結界内の物に暴力行為を働いても追い出されないようにもできる。

ダルガやソニアは暴力行為を働いても追放されないようにしているから、柵を壊せるか試しても大丈夫だったたってわけ。

「遅いですよ、ダルガ。せっかくのご飯が冷めてしまいます。早く食べましょう」

そんなソニアの言葉を聞いて、ダルガは一瞬目を見開く。

「お、おう。すまんかったのう。なあユウスケ」

「ん？」

ダルガが小声で話しかけてくる。

「……わかりやすくあやつの機嫌がよくなっておるが、キスでもしたのか？」

「いや、するか！　機嫌が悪かったのはそういうことじゃねえよ！　ただまあ、お陰さまでソニアもこのキャンプ場で、このまま働いてくれることになった。なぁ、給料はあまり出せないんだが、ダルガもここで働いてくれないか？」

この勢いでダルガまで従業員にできたら、相当心強い！　……そう思ったのだが、ダルガは真剣な顔になる。

「……なるほどそういうことじゃったか。なかなか面白い仕事じゃったが、従業員となると自由に酒は飲めんじゃろ？」

「当たり前だろ！」

どこの世界に、酔っ払って接客するキャンプ場があるんだ！

いやまあ異世界なら、常に酔っぱらって接客している店とかありそうだけれどさ。

「なら儂は客として来るほうがええのう。じゃが、施設の増築・改造をしたくなったり、武器や防具が欲しくなったりしたら、遠慮なく言ってくれ。いくらでも力になるわい」

「ああ、その時は遠慮なく頼るとするよ。武器や防具を頼むことはないがな」

「なんじゃい、男なら最強を目指さんのか？　酒と引き換えに最強の武器と防具を揃えてやるぞ」

「そういうのはいらん。俺はのんびりとキャンプしながら暮らしたいだけだ」

「ガッハッハ、ユウスケらしいのう」

ソニアが焦れたように言う。

「二人ともいつまで話しているのですか。早く食べましょう」

「悪い悪い、今行くよ」

ダルガは明日街に帰ってしまう。

キャンプ場の完成を祝って、今日はパァーッとやるとしよう。

「それじゃあ堅苦しい挨拶はなしだ。二人ともお疲れさま。乾杯！」

「「乾杯！」」

いつも通り俺の音頭で、乾杯した。

テーブルには様々な料理が並んでいる。

今日はキャンプ場の完成祝いとして、たくさんの料理と酒を用意した。

とはいえ、全部今日作ったわけではなく、これまで多めに作ってソニアの収納魔法で保存しておいてもらった料理が大半だが。

ソニアは『私の食料が……』とがっかりした様子だったが、収納してもらっていただけで、あげたわけではなかったからな。

「ほお～こりゃ豪勢じゃわい。酒もこんなにたっぷり用意してあるとはのう！」

そりゃそうだ。今日の主役はダルガだからな。

酒だけでなく、つまみになりそうな料理だってたくさん用意してある。

以前作ったよだれ鳥や唐揚げ、焼き鳥、ステーキに野菜の素揚げ。

それに、今日はチーズのベーコン包み、フライドポテトにバターコーンを追加で用意した。

そしてメインの酒も、ウイスキー、酎ハイ、焼酎、日本酒にビールと、あらゆる種類を取り揃えている。

早速ダルガは酒とつまみを食べ、嬉しそうに声を上げる。

「かあああ！　こりゃ効くのう。酒も美味いがつまみも美味い！　いやあ、それにしても今までは屋内で食事をすることが多かったが、ユウスケと出会って、外で飲んで食う良さを知ってしまったぞ！」

「だろ？　星空の下で、火を眺めながら食って飲むのもキャンプの醍醐味だからな」

俺の言葉に対し、ソニアも頷く。

「結界のお陰で、周囲を気にせず楽しめるので、よりいっそうそう感じます。お酒が飲めなくても十分楽しめますよ」

今日はしっかり晴れているので、満天の星空が見える。

この世界は空気が綺麗なお陰か、元の世界よりも星空が綺麗に見える気がする。

「しかし、世の中にはまだ儂らも知らぬ、こんなに美味い酒があるんじゃな。どこでこれらを手に入れておるんじゃ？」

「それは企業秘密というやつだ。まあここに来れば、こういう酒を飲めるってことだけわかっていれば、ダルガとしちゃ十分だろ？　細かいことは気にするな」

「世界は広いですからね。他の国では思いもよらぬ方法で作ったお酒などを山ほど見てきました。信じられないですが、ヘビや虫を漬けた酒もあるのですよ」

さりげなくソニアのフォローが入った。

ソニアに事情を話したことは、ある意味良かったかもしれないな。

実際、ダルガの興味はソニアの話に出た酒に向いたようだ。

「ほう、ヘビ酒は見たことがあるが虫は飲んだことないのう。やはり世界は広いんじゃな。儂ももう少し若ければ、酒を求めて旅に出るんじゃがのう。まあ今は、ユウスケの酒で我慢するわい」

「旅もいいよな。ここのキャンプ場の運営が落ち着いたら、いろんなところを回ってみるか」

俺の言葉に、ソニアは嬉しそうに頷く。

「ええ、旅をしながら食べるご飯も美味しいですよ」

月に一度くらい休みを取って、いろんな場所に旅をしてみるのはありかもしれない。

そして、ソニアが口を開く。

「美味しい酒を求めて旅するドワーフに旅の途中、よく会いました。それだけお酒が魅力的だということなのでしょうが……私はお酒が飲めないので、よくわからないのです。お酒のどこが美味しいのだろう、と思ってしまいます」

「酒の美味さがはわからんとは、もったいないのう！」

「酒が体質的に合わない人はいるからしょうがないさ。そういえばソニアはお酒が全く駄目なのか？」

俺が聞くと、ソニアは頷く。

「そうですね。ちょっと飲むだけで、頭が痛くなってしまいます」

「ふん、気合が足りんわい！　儂らドワーフは幼い頃から酒を飲まされて育てられてきたからのう」

……それって完全に幼児虐待(ぎゃくたい)だよな。

そんな風に思っていると、ソニアは口をへの字に曲げる。

「冒険者をしていると、無理に酒を飲ませようとする低俗(ていぞく)な輩が多くて大変でした。そして、そのうちの大半はドワーフなのですよ」

「何を言っておる。儂らは厚意で酒を勧めておるんじゃ！　美味い酒があったら他人と分かち合う。それこそが儂らドワーフの生き様じゃ！」

「それが迷惑だというのがわからない輩もいるから、困るのですよ！」

「なんじゃと！」

「なんですか！」

睨み合うダルガとソニア。

……駄目だ、耐えられない。

「………………ぷくくくく」

「おい、何がおかしいんじゃ！」

「ユウスケ、何がおかしいのですか！」

ダルガとソニアが詰め寄ってくるので、俺はなんとか表情を引き締めながら言う。

「ああ、いや、すまん。二人の気持ちはわかるんだが、なんだかいいなと思って。俺も含めて、全員種族は違うけれど、こうして同じテーブルを囲って口喧嘩をしながら、美味い飯を食って酒を飲んでさ。俺の故郷だと、結構つまらない酒の席が多いんだよ。やれ上司のくだらない愚痴やら、どうでもいい人間関係の話とかさ。それに比べたら今日は最高だよ。こうやって二人に出会えて、俺は本当に幸運だったたと思っている」

前世で勤めていたブラック企業での飲み会は最悪だった。

だけど異世界では、ソニアやダルガたちと出会うことができた。そしてこうやって一緒に火を囲めた。俺はこの夜を、一生忘れないだろう。

「……まったく、調子が狂うのう」

「……いきなりそんなことを言うのは反則ですよ」

ダルガとソニアはそう言って、黙る。

やがて、ダルガが後頭部を掻きながらソニアに謝る。

「ああ～すまんかったのう、ソニア。誰にでも好き嫌いはある。それを押し付けて、悪かった」

「いえ、気にしていませんよ。ダルガが厚意でお酒を勧めてくれているのは、ちゃんとわかっていますから」

「そうだぞ、ダルガ。確かに俺も酒は好きだが、酒を無理やり飲まそうとするのは感心しないな。無理に飲ませると急性アルコール中毒といって、命に関わることもあるんだからな」

飲み会の席のアルハラは駄目絶対！

ダルガも『急性アルコール中毒』が何かはわかっていないが、その危険性は理解しているのだろう。

改めて、しっかりと頷いた。

「わかった、わかった。これからは気を付けるわい」

「よしよし、二人とも仲直りできたな。それじゃあ今日は特別だ！　ダルガには酒精が今まで以上に強い酒を、ソニアにはケーキを丸ごと出してやる！」

俺の言葉を聞いて、ダルガとソニアは目を輝かせる。

「ぬあに、今まで以上に強い酒じゃと!?　くっく、今夜は夜通し飲むぞ！」

「ユウスケ、早くケーキを出してください！」

「よっしゃあ！　今日は食って飲むぞお!!」

第七話　エルフの村からの来訪者

「……うう……頭痛い」

目が覚めると、管理棟の中にいた。

昨日は夜遅くまで食べて飲んで騒いでしまったが、最後の気力を振り絞って、なんとか管理棟にある寝袋に潜り込めていたらしい。

ダルガも大きなイビキをかきながら、寝袋の中で眠っている。

なんだか昨日は酒をだいぶ飲んでいたこともあって、結構恥ずかしいことを言ってしまった気がする。

黒歴史ってやつだな……っといかんいかん。たぶん今日はサリアがキャンプ場に戻ってくるはずだ。

親を連れてくる可能性もあるから、あまり無様な姿は見せられない。

「おはようございます。というか、もうすぐお昼なんですけれど……」

管理棟の外に出ると、いつものようにアウトドアチェアで漫画を読んでいるソニアがいた。

視線を横に向けると、昨日散々散らかっていたテーブルが綺麗になっていた。

「おはよう、ソニア。片付けてくれたのか、助かるよ。まだサリアは来ていないか？」

「さすがにサリアが来たら、水をぶっかけてでも起こしていますよ」

「そこは普通に起こしてほしいところなんだが……そういやダルガも今日の朝、街に戻るはずだったんだけど……まぁ無理そうだな」

「昨日は散々飲んでいましたからね。ゆっくり寝かせてあげましょう」

昨日はあれから、ウォッカをがぶがぶ飲んでいたからな。

まあ元気そうに大きなイビキをかいていたし、やがて勝手に起きてくるだろう。

「ユウスケ、それよりもこの漫画の続きを頼みます。お金は払いますから！」

ソニアはいつも通りそう言ってくるが、その願いは聞けない。なぜなら――

「もう百冊以上読んだのか……残念だけど、この漫画はここまでしか出ていないんだ。だが俺のストアの能力は新刊が出ても買えるから、数ヶ月後には続きが読める。だからそれまでは我慢だな」

ありがたいことに、ストア内のラインナップは日々更新される。

先週までにはなかった漫画の新刊が新しく買えるようになる、とかな。

本当に神様が有能過ぎて、逆に怖いぐらいである。

「そ、そんな……漫画の続きが読めないだなんて……」

いや、気持ちはわかるが、そんな世界の終わりみたいな顔するな！

「待て待て、確かにこの漫画の先はまだ読めないが、他の作品もたくさんあるからな。別の漫画を出してやるから、顔を上げろ！」

……今度はちゃんと完結している漫画を出してあげよう。

そんな思いを胸に俺の好きな漫画ベストスリーに入るバスケット漫画を、ストアで購入した。

この世界にバスケットボールはないかもしれないが、あの漫画なら楽しめることは間違いない。

「別の漫画⁉　すごいですね、前の絵と全く雰囲気が違います」

「この間の漫画とは別の人が描いているからな。前いた世界には何千何万……いや、何十万もの漫画があったはずだ」

「何十万⁉　ここで働くことを決めた私の目に狂いはなかったようです。新たな目標ができました！　私は全ての漫画を読み尽くします！」

……いくら長命種族であってもそれは無理だろ。一週間で何十冊も新刊が出てくるわけだし。

そんなやり取りをしていると、ピンポーン！　という音がする。

キャンプ場の入り口に設置したインターホンが押されたようだ。

いずれはキャンプ場の入り口に配置した小さな小屋に人を置くつもりだが、今はまだ人が足りない。そのため、入り口にインターホンを設置し、『このボタンを押してください』という紙を貼ってある。

「やべ、サリアが来たみたいだ！　すぐに着替えて向かうから、管理棟まで案内しておいてくれ！」

「わかりました」

いかんいかん、昨日中に準備はしておいたが、早く出迎えに行かねば！

着替えて管理棟の入り口へ行くと、そこには四人のエルフがいた。

一人はサリア、その両隣にいるのは両親かな。

彼らも金髪碧眼で、大変美形だ。

二人とも三十代ほどに見えるので、実際の年齢がいくつなのかは気になるところであるが、さすがに出会ったばかりで聞くことはできない。

ひとまず俺は頭を下げる。

「初めまして。このキャンプ場を運営しております、ユウスケと申します」

「これはご丁寧にありがとうございます。サリアの父のアルベと申します。この度は、娘の命を救っていただき、本当にありがとうございました」

「サリアの母のカテナと申します。本当にありがとうございました」

そして四人目のエルフ——真っ白なローブを着て杖を持った見た目シワシワのお爺ちゃんエルフも、口を開く。

「……ふむ、こんな場所にこれほどの施設を作り上げるとはのう。近くの村で村長をやっておるオブリじゃ。この度は同族を助けていただき、感謝しておる」

おお、エルフの村の村長さんだったのか。

見た目は好々爺(こうこうや)といった感じだが、魔法に秀でたエルフの村を治めているのだ。きっと只者(ただもの)ではないのだろうな。

そして何より気になるのは、年齢だ。千歳を超えているなんてことすらありそう……

そう思いつつも、俺は返事をする。

「サリアさんを助けたのはたまたまですので、お気になさらず。それよりも本来ならばこちらからご挨拶に行かなければならないところ、わざわざお越しいただき、本当にありがとうございます」

「ふむ、人族にしては珍しく、礼儀正しい男のようじゃな。儂らの村のある場所は街の者も知らぬし、こちらから出向くのは当然のこと。気にせんでよい」

「そう言っていただけますと幸いです。ささ、立ち話もなんですので、まずは中にお入りください」

そう口にして、エルフ四人を管理棟に案内する。

『話しやすい場所を』と考え、従業員用のダイニングへ通すことにした。ちなみに酔い潰れたダルガは従業員用の部屋に押し込んだ。

「とても立派な建物だこと。それにユウスケさんも素敵な服装をされていらっしゃいますね」

席に着くなり、カテナさんがそう口にした。

「ありがとうございます。この建物は街でも有名なドワーフの職人に建ててもらいました。この服は私の故郷で使われている給仕服のような物です」

俺が今着ている服は、ストアで買った執事服だ。

サリアの両親をこのキャンプ場の制服で出迎えたいと思い、昨日ストアを物色していた。どんな服装にしようか結構迷ったのだが、結局選んだのがこの服である。

最初はスーツにしようかと思っていたが、このファンタジーの世界にスーツはイマイチ合わなそうだったからな。とはいえ執事服がピッタリくるかと言えば微妙なところではあるが。

……まあノリで選んだことは否定しない。

それはさておき、まずはしっかり挨拶しよう。

「それでは改めまして当キャンプ場にようこそ。ここは宿泊したり、食事を楽しんでもらったりする施設となっております。近隣の森や川などの自然には極力害を与えないよう配慮するつもりです」

「ふむ。周りや自然に配慮してくれるのならば、儂らからは何も言う必要はないのう」

エルフは自然を大事にするイメージがあったから、もし駄目だと言われたらどうしようかと思っていたのだが……よかった、特に開業を反対されることはないようだ。

そんな風に安心していると、カテナさんが質問してくる。

「娘がここで働きたいと申しているのですが、具体的にはどのような仕事をするのですか?」

「はい、サリアさんには受付や接客、料理などを担当してもらいます。また、魔法が使えるということなので、このキャンプ場全体の飲料水の確保を主に行っていただき、竈(かまど)や風呂を使う際には火もつけていただければな、と」

今のところ、このキャンプ場は俺とソニアとサリアで回すことになる。

普通のキャンプ場の従業員なら、受付やキャンプ場の手入れくらいしか業務がないのでさほど忙しくはならないのだが、ここでは料理や酒を提供する。

そのため、二人にも接客をしてもらったり、料理を覚えてもらったりしなければならないのだ。

「なるほど、受付に接客に料理、それに魔法ですか……」

……あれ？　あまりいい反応が返ってこない。

確かに普通のキャンプ場に比べたら忙しいが、特に危険でおかしな仕事をさせようとしているわけではないと思うんだがな。

「娘の命の恩人であるユウスケさんに、こんなことを言いたくはないのですが、私は娘がここで働くことに、反対です」

「お母さん!?」

思わずそう声を上げたサリアに、アルベさんも重ねて言う。

「そうですね。妻とも事前に話していたのですが、私も反対です」

「お父さんまで!?」

サリアもまさか許可してもらえないとは思っていなかったようで、あわあわしている。

ひとまず、なぜそう判断されてしまったのか聞いてみないことには始まらないな。

「……理由を聞かせていただけないでしょうか？」

アルベさんは、淡々と言う。

「はい。まずキャンプ場という事業が上手くいくとは、私たちには到底思えないのです。確かにこの場所は街と街の間にありますが、どちらの街からも数時間ほどかかります。あえてここに一泊しに来る者はいないのではないでしょうか。そしてこちらが一番の問題ですが、安全性を担保できるかが心配なのです。街からも離れた場所にあり、従業員も少ないこの施設に娘を預けるのはとても不安です。魔物や盗賊、悪い客が来ることもあるでしょう。そちらの女性はなかなか腕が立つように見えますが、それでも何かよくないことが起こる可能性はゼロではないでしょう?」

「お父さん! だからそれはユウスケさんの結界があるから大丈夫だって説明したじゃない!」

サリアはそう執りなすが、アルベさんは首を横に振る。

「サリアの話を疑いたくはないが、そんな魔法、私たちも村長も聞いたことがないんだ。それに実際にここに来てみたが、魔法が発動している気配が全くない。サリアは私たちの大切な娘だ。危険な場所では、絶対に働かせられない!」

「お父さん……」

どうやらサリアと両親の仲は悪いわけではないらしい。

ちゃんとサリアは大切にされているようだ。

だが、せっかく魔法を使える有能な人材がこのキャンプ場に来てくれるかもしれないのだ。みすみす逃す気はない。

どんな手段を用いてでも従業員として確保してやる!

……って、なんだか俺が悪役みたいだけど、気にしたら負けだ。

俺は言う。

「お気持ちはわかりました。それではこれから皆様のご不安を解消して差し上げましょう。お手数ですが、私と一緒に来ていただけますか?」

◆　◇　◆

とりあえず、キャンプ場の外に設置した木の柵のところまでみんなを連れてきた。

俺は木の柵を手で示しながら言う。

「それではまずこのキャンプ場の安全性について証明します。どなたでもよろしいので、こちらの木の柵に攻撃してみてください」

「……本当によろしいのですか？」

首を傾げるアルベさんに対して、大きく頷いてみせる。

「ええ。結界の能力を実際に見てもらいたいのです。こちらの柵の中は結界の能力が働く範囲。その中で攻撃を行ったとしても、それは無効化されます。たとえ壊れたとしても私の責任です。遠慮なく試してみてください」

それに、暴力行為を容認するよう結界の設定はいじっていおいたし、追い出されることもない。

「……ふむ、どうやら本当にただの木の柵のようですね……わかりました。さすがにユウスケさんに直させるのは気が咎めるので、修復は私が責任を持って行わせていただきますが」

どうやらアルベさんは、木の柵を壊せないとは毛ほども思っていないようだ。

そして彼は、掌を上に向ける。

「ファイヤーボール」

おお！　これが火魔法で定番のファイヤーボールか。

拳より一回り大きい火球が、掌から少し離れたところに突然現れた。

思ったよりも大きく、距離があるのに熱気がここまで届く。

ファイヤーボールって実際目にすると、結構怖いんだな。

こんなんが直撃したら、大火傷してしまうだろう。

アルベさんが掌を柵に向けると、ファイヤーボールは高速で木の柵まで一直線に飛んでいき……

「んなっ⁉」

「なんじゃ⁉」

アルベさんとオブリさんが、それぞれ驚きの声を上げた。

木の柵にぶつかる直前に、ファイヤーボールが消滅したからだ。

なるほど、物理攻撃は見えない壁に阻まれるような感じだったが、魔法は消滅するのか。

「なんだこれは⁉　魔法が使われた形跡が全くなかったが……」

アルベさんに続いて、カテナさんとオブリさんが口を開く。

「そうね。あなたのファイヤーボールが、突然消えたように見えたけど……」

「ふむ……これは興味深いのう」

Aランク冒険者のソニアの攻撃を防いだ結界だからな。

いくらエルフの魔法とは言ったって、防げると思っていたぞ。

すると、オブリさんが尋ねてくる。

「ユウスケ殿、儂も試してみてもよいかのう？」

「はい、どうぞ」

いかにエルフの村の村長の攻撃だって、ソニアより強いことはないだろう。

そんな風に余裕ぶっていると、ソニアが耳打ちしてくる。

「……ユウスケ」

「ん、どうしたソニア？」

「あの老人、エルフ族の中でもかなりの魔法の使い手と見受けます。身体を覆う魔力が今まで見た誰よりも大きいです」

「え、マジ⁉」

思わず大きな声を上げてしまう。

ちょ、聞いてない！　それってまずくないか⁉

慌てる俺を余所に、オブリさんは手にしていた杖を掲げる。

「これを使うのも久しぶりじゃのう。極大魔法・イフリート‼」

オブリさんの目の前に炎が現れ、それはやがて全長五メートルほどの巨人を形作る。

しかもこれがただの炎ではないことは、魔法に詳しくない俺にでもわかる。

先ほどのファイヤーボールとは炎の質――密度が段違いだ。

あんなもの、ほんの少し触れただけでも火傷どころか焼失しちまうぞ！

「おお……まさか村長の極大魔法が見られるとは……」

「これを見るのは五十年ぶりくらいかしら。サリア、これが魔法の極致よ、よく見ておきなさい」

「は、はい！」

カテナさんとアルベさんとサリアはそんな風に話している。

……いや、おまっ！　そんなもん木の柵ごときに使うなよ！　馬鹿じゃねえのか!?

「ゆけ！」

そんなオブリさんの号令で、炎の巨人はゆっくりと歩みを進める。

そしてその巨大な右腕を、木の柵へと伸ばす。だが――

「……まさかこれでも駄目とはのう」

消し炭になるかと思われた木の柵は、そのままその場に残っていた。代わりに、炎の巨人の右腕が消失している。

アルベさんとカテナさんが「まさか、イフリートが!?」「うそ……」なんて驚いている声が聞こえる。

どうやら極大魔法よりも、結界能力のほうが勝ったらしい。

柵が燃えなくてよかったが……それにしても肝が冷えた。

このじいさん、いきなりなんて魔法をブッ放してきやがるんだ!?

「……この結界とやら、魔法のようで魔法ではないようじゃ。三百年以上生きた儂にも、まだ理解できないことがあるとはのう」

そう言いつつ、オブリさんはイフリートを操り左手で木の柵を触らせる。

どのようにして魔法が消されるのかを観察しているらしい。

……それにしてもオブリさん、三百歳を超えているのか。よくわからないタイミングで謎が一つ解けてしまった。

それより今は、話を進めるとするか。

「……とりあえず、これでこのキャンプ場が安全ということは信じてもらえましたか？　それに、こちらのソニアはAランク冒険者です。何が起こっても彼女がどうにかしてくれます」

我ながら、なんて情けないプレゼンテーションだ……とは思うが、そう言ったほうが信用してもらえるから、仕方ない。

そして実際、驚きの声が上がった。

「んな⁉　ダークエルフでAランク冒険者……まさか黒妖の射手ですか⁉　なぜあなたほどの冒険者が、こんなところに？」

そういえばソニアがAランク冒険者であること、サリアには話していなかったな。

それと驚いたのはよくわかるが、『こんなところ』呼ばわりはやめてくれ……

「少しゆったりした生活が送りたくなったんです。そんな折にユウスケに誘われて、ここで働かせてもらえることになりました」

ソニアは嬉しそうに言った。

……ケーキや漫画で釣ったということまで言われなくて良かった。

「ほう、只者ではないと思っていたが、まさかAランク冒険者じゃったとはのう」

そう口にするオブリさんに、ソニアは言う。

「私も驚きました。あなたほどの魔法の使い手は今までに数えるほどしか見たことがありません。失礼ですが、なぜあなたほどのエルフが、村長をしているのですか？」

確かにこれだけすごい魔法の使い手なら冒険者になったり国に仕えたりすれば、よっぽどよい生活ができそうなものだ。

オブリさんは答える。

「なあに、儂も昔はいろいろとヤンチャをしていたのじゃが、のんびりしたくなったのじゃよ。それでひっそりと同族たちを集めて作ったのが、エルフの村ができた背景じゃ。で、今は野菜や牛を育てて、楽しく気ままに暮らしておるというわけよ」

いいな……自給自足のスローライフにも憧れがあるんだよなぁ……

そして『ヤンチャ』っていうのがどの程度のことを指しているのかは気になるところだが、さすがにそれを聞けるだけの仲ではないので諦めた。

「ともあれ」とオブリさんは続ける。

「儂の極大魔法を防げるなら、安全面は全く問題ないじゃろう」

「……確かに村長のイフリートを防げるのなら、そのあたりのドラゴンや盗賊ごときでは手も足も出ないでしょうね」

そんなアルベさんの言葉に、カテナさんが頷く。

「ええ。この場所の安全性につきましては十分理解できました。あとはキャンプ場という商売がちゃんと成立しそうか、という点だけですね」

「ふぉっふぉっ、なあに、儂にはわかるぞ。この結界とやらは力試しにもってこいじゃ。腕に自信のある強者たちならば、この地まで足を運ぶじゃろうて。敷地内で互いを傷付けない戦闘訓練もできるようじゃし、それを売りにするんじゃろ？」

自信満々な顔でこちらを向くオブリさん。

……そんなもん売りにしねーよ!! そんな殺伐としたキャンプ場、絶対に嫌だわ！

そんな風にツッコめるわけもなく、俺は冷静に説明する。

「……いえ、ここでしか食べられない料理やお酒を売りにしようと思っているんです」

「ありゃ、そうなのか。訓練を売りにしても、十分に人を呼べると思ったんじゃが……」

尚も食い下がるオブリさんに、俺は言う。

「……奥のほうに場所をとって訓練場を作るくらいならありかもしれません。とはいえ、キャンプ場はのんびりと過ごすための施設にしたいんです……っと、そろそろお昼時ですね。せっかくなのでこのあたりで、昼食にしましょうか」

「娘もこちらでとても美味しい料理やお酒をいただいたと聞いております。それを私たちもいただける、ということでしょうか？」

そんなカテナさんの言葉に頷きつつ、近くにあった椅子とテーブルを手で指し示す。

「ええ、もちろんです。それでは準備をしている間、そちらでお待ちください」

サリア、アルベさん、カテナさんは頷いたが、オブリさんは柵を指差しつつ聞いてくる。

「すまんが、儂はもう少しこの木の柵に挑戦していてもよいかのう？」

「……はい。食事の準備ができましたらお呼びします」

「すまんのう。何せ儂が全力を出せる機会など滅多になくてな。水や土や風の極大魔法も試させてもらうとしよう」

「…………………」

どうやらこのじいさん、戦闘民族のようだ。

他の極大魔法がどんな物かは気になるところだが、サリアの両親たちを説得するために、美味い食事を提供することは必須だ。料理に専念するとしよう。


「よし、できた。さて、みんなを呼びに行くとしよう」

結局あのあと、俺が食事の準備をしている間、俺以外のみんなはオブリさんがこの結界を破ろうとしている様子を見学していた。

ストアから買った物を取り出すところを見られたくなかったから、ちょうどよかったとも言えるが、轟音が響き続けているので心臓には悪い。

「お待たせしました。準備ができましたよ」

俺がそう言いながらみんなを呼びに行くと、オブリさんは額の汗を拭う。

「いやあ、スッキリしたわい。じゃが結局、結界とやらを破ることはできんかったのう。サリアがここで雇われるかどうかは別として、また挑戦しに来させてもらうとしよう」

「……ありがとうございます」

まあ客が増えることはいいことだ。

だが他のお客に迷惑にならないよう、管理棟の裏側とかに専用の場所を作らないといけないな。

そんなやりとりがありつつも、みんなが食卓についた。

俺は、昼飯を紹介する。

「今回のメニューは、チーズの盛り合わせとチーズフォンデュです。サリアから皆さまがチーズがお好きだと聞いたので、ご用意させていただきました」

サリアから聞いた話では、エルフの村では酪農も行っており、少量ではあるがチーズを作っているとのこと。たまに食卓に出てくるチーズはみんなのご馳走なんだとか。

「ほう、これは……」

「え、この表面がつるんとしているのや、オレンジに近い色の物も、全部チーズなんですか⁉」

「おお、このグツグツ煮えている鍋からはなんともいい香りがしますな」

「これもチーズなんでしょうか？　美味しそうです」

オブリさん、サリア、アルベさん、カテナさんが、それぞれ驚いている。

よしよし、反応は上々だ。

俺は詳しく説明する。

「こちらの皿には私の故郷で作られた、様々な種類のチーズを並べさせていただいております。そして、二つの鍋に満たされているのは、温めたチーズをそれぞれワインと牛乳で割った物です。食材をくぐらせて、お楽しみください」

チーズの盛り合わせは、ストアにあったチーズのセットを購入し、皿に並べただけだ。

一口にチーズといっても、モッツァレラやカマンベール、ゴーダ、チェダー、パルミジャーノ・レッジャーノなどなど様々な種類がある。街でもチーズを見かけたが、これだけの種類はなかったので、喜んでもらえるんじゃなかろうか。

そしてチーズフォンデュのほうは『チーズフォンデュ用チーズセット』を購入し、それをワインと牛乳で割った。ちなみにチーズの種類はエメンタール、グリュイエール、ゴーダらしい。

続けて、俺は言う。

「飲み物はワイン、ビール、酎ハイ……それから、お酒が飲めない人用にお茶と牛乳を用意いたしました」

「ふむ、儂はワインをもらおうかのう」

「私はビールというお酒をいただきたいです」

「私はお酒が駄目なので、牛乳をお願いします」

「わ、私はこの前いただいた酎ハイを！」

「私はお茶がいいです」

オブリさんはワイン、アルベさんはビール、カテナさんは牛乳、サリアは酎ハイか。

ものの見事にバラバラだな。

そして何気にソニアもお茶を所望しているけど、お前はもてなす側だろ……

まあ、今回は業務外っちゃ業務外だから、いいんだけどさ。

飲み物を出すと、いつも通り皆さんグラスやら缶やらに驚いていた。

なんだかこの反応にもすっかり慣れっこだ。

さて、飲み物が揃ったところで、馴染みがないであろうチーズフォンデュの食べ方を教えるとしようか。

「では、このチーズフォンデュをどう食べるか、説明させていただきます。こうやって食材にたっぷりとチーズをつけてから皿に取り、フォークで召し上がってください」

そう言いながら、俺は焼いたベーコンを串に刺し、溶けたチーズにくぐらせてから皿に移し、フォークで口に運ぶ。

うん、熱々のチーズがベーコンの上質な脂と調和していて……最高に美味い！

今回はチーズの味を濃くしているので、食材には味をつけていない。

だからこそ食材本来の味がチーズの濃厚な味によって、何倍にも引き出されているのがわかる。

「さあ、皆さんもどうぞ」

俺がそう言うと、みんなも食事に手をつけ始める。

「ほう、貝やエビなどこのあたりでは獲れない食材もたくさんありますね……おお！　濃厚なチーズと魚介の相性が最高だ！　そしてこの冷えたビールとやら、エールよりも遥かに美味いですよ！」

「まあ!?　お野菜も温かいチーズと合います！　そして、牛乳って冷やすとこんなにすっきり飲みやすくなるんですね！」

チーズフォンデュを食べたアルベさんとカテナさんが、そう口にしながら悶える。

受け入れてもらえるか若干の不安もあったが、評価が上々で良かった。

チーズフォンデュはみんなで一つの鍋を囲って楽しめるし、酒とも相性がいいので、キャンプ場で食べる料理の中でも結構好きなんだよなぁ。

そして、オブリさんもチーズの盛り合わせを摘まみ、嬉しそうに声を上げる。

「むむ！　このチーズ、儂らの村で作っているチーズとは味も香りも異なるが、どれも素晴らしい。そしてこの芳醇な香りの赤ワインと、とても合うのう！」

「ユウスケ、とっても美味しいです！　チーズにこんな種類があったことに驚きました。チーズって奥が深いんですね！」

これまでと変わらず料理を食べてはしゃぐソニアを見ると、少し不安になってくる。

ソニアって接客できるのか？　お客様に出す料理に手をつけたりしないだろうな……

四十分ほどして、テーブルの上にあった食材は全てみんなの胃の中に消えた。

オブリさん、アルベさんは満足そうに言う。

「いやあ、美味かったのう。これだけの料理は街でも滅多に食べられないぞ」

「……確かにこれほどの美食が楽しめるのなら、時間をかけて足を運ぶ人も多いでしょう」

「安全面も問題なさそうだし……あなた、これならサリアを預けても大丈夫じゃないかしら？」

カテナさんが聞くと、アルベさんは居住まいを正してこちらを向く。

「……ユウスケさん、散々失礼なことを申し上げてすみません。どうかサリアをよろしくお願いします」

「わかりました。サリアさんは責任を持ってこちらでお預かりします」

よっしゃあ！　これで火魔法と水魔法と氷魔法を使える従業員、一人確保だぜ！

「話が無事に纏まって何よりじゃ。ユウスケ殿、儂らの村からここは近いし、また村の者と一緒にお邪魔させてもらってもよいかのう？」

オブリさんの言葉に、頷く。

「ええ、こちらからもぜひお願いします。アルベさんもカテナさんも、いつでもサリアさんの様子を見に来がてら、いらっしゃってくださいね」

こうして、従業員だけでなく、未来のお客さんもゲットできた。

エルフの村とは、これからもいい関係を保っていきたいな。


食事を終え、食休みを挟んでからぐるっとキャンプ場を歩いて案内したり、キャンプ道具の紹介をしたりしていたら、日が傾き始めた。

アルベさんとカテナさんが言う。

「……それでは、そろそろお暇（いとま）することにいたします。サリア、頑張るんだぞ」

「サリア、辛くなったらいつでも帰ってくるのよ」

「お父さん、お母さん！　私、頑張るね！」

「……全く、二人とも娘を甘やかし過ぎじゃ。これを機に少しは娘離れせい。それではユウスケ殿、サリアをよろしく頼むぞ……おっと、いかん忘れるところじゃった、今日の食事の代金じゃ」

「いいえ、今日はお試しなので結構ですよ。料理の感想もいただけましたし、結界の効果も確認できたのでこちらこそ助かりました」

オブリさんが金貨を取り出そうとしたので、俺は断ろうとするが――

「儂も久しぶりに全力で魔法を撃たせてもらって楽しかったわい。遠慮せずに受け取るがよい。それとは別にサリアを救ってくれた礼は、また改めてさせてもらおう」

「それではお代のほうは、ありがたくいただきます。サリアさんを助けたお陰で、ここで働いてもらえることになったのですから、そちらのお礼は本当に要りません」

そうは言っても、渡された金貨は三枚。既に十分過ぎるほど謝礼をいただいた気分だ。

それにしても、そろそろ食事や酒の値段とかもちゃんと決めないといけないな。

「なあに、儂はその昔、山ほど稼いでおる。遠慮するでない。まあ、またすぐにお邪魔させてもらうとするわい」

そんなオブリさんの言葉に、俺は頷く。

「はい、お待ちしております」

第八話　再び街へ

「うう……頭が痛いのう……」

「……おい、もう夕方だぞ」

　エルフの村の一行が帰り、管理棟に戻るとようやくダルガが起きてきた。

「これほど酔ったのは久しぶりじゃわい。くそ、まさかウォッカの酒精があれほど強いとはのう。不覚じゃった……」

　そりゃあんな酒をガブガブ飲めば、いくらドワーフといえどああなるわな。

　俺と知り合うまでは、それほど強い酒を飲んだことがなかったようだし。

「さすがに街に帰るのは明日にしたらどうだ。俺たちも街に用事があるし、一緒に行こうぜ」

　あとは鍛冶ギルドでダルガへの依頼が達成された旨を伝え、商業ギルドで宿泊施設の審査をしてもらって許可が下りれば、無事に営業開始できるからな。

「悪いがそうさせてもらうとしよう」

　俺の提案に、ダルガは首を縦に振る。

「とりあえず、晩飯までもう少し休んでいたほうがいいぞ。あとさすがに今日は酒、飲むなよ」

「待て待て、もう大丈夫じゃ！　元気になったから飲ませろ！」

「落ち着け！　明日も今日の二の舞いになるだろ。飲むとしても、本当に少しだけだからな」

俺も昨日は飲み過ぎたし、少し反省だ。

そんなわけで、ダルガは少し飲んでいたが、俺は休肝日にした。

食事を終えてから、ソニアとダルガとともに、サリアに管理棟内の従業員用の部屋を紹介することにした。

部屋内の設備とか収納とかを説明し終えると、サリアは嬉しそうな声を上げる。

「こんなに大きな部屋を、私一人で使っていいんですか？」

「ああ、ちょうど二部屋あるからサリアとソニアで別々に使ってくれ。もしも従業員が増えたら一緒の部屋を使ってもらうけどな」

「それでもすごいです！　ありがとうございます。それにしてもこの電灯は、とても不思議です。このスイッチを押すだけで、夜でも明るくなるだなんて」

すると、ソニアが口を挟んでくる。

「これがあるお陰で、夜も本が読めるのですよ」

「……次の日に影響がない程度にしてくれよ？　サリアもここにある本は自由に読んでいいから」

「はい！」

管理棟内の大きな本棚には、今まで買った漫画を入れてある。

漫画以外にも元の世界のレシピ本や小説、子供用の絵本などを買っておいた。

今後少しずつ増やしていくとしよう。

それより今は決めるべきことがある。

「それじゃあ晩飯まで少し時間もあるし、宿泊料、料理や飲み物の値段を決めるのを手伝ってくれ」

そんなわけで、それぞれの意見を聞きつつ一旦値段を設定してみたのだが――

「……う～ん、料理と飲み物はもう少し安くしてもいいと思うけれどなぁ」

俺がそう言うと、ソニア、ダルガがそれぞれの意見を口にする。

「いえ、これでも十分安いほうです」

「儂もこれくらいでちょうどいいと思うのう。いくら仕入れ値が安くとも、あまりに値段を抑え過ぎると、他の店の客を根こそぎ奪ってしまい、目をつけられてしまうかもしれんからのう」

「ええ。その代わりに宿泊料は他の宿よりも安めに設定しておけば、バランスは取れるでしょう」

「すみません……私は街にほとんど行ったことがないので、よくわからなくて……」

そう言ってしょんぼりするサリア。まぁエルフの村にいれば普通の金銭感覚は身に付かないよな。

なかなか物に値段をつけるのは、難しい。

仕入れ値はストアで買った値段になるが、単にその値段から利益を取れる額を算出するだけではいけないようだ。

この世界での需要と供給のバランスを考えなければならないのである。

料理の値段は、主にソニアの意見を参考にして決めた。

そして、酒についてはダルガに聞きつつ決めたのだが……結果、缶ビールがストアの価格の約三倍になるなど、なかなかのボッタクリ価格になった。

とはいえ、この世界で冷えた酒が普及していないことを考えると、そんなもんかとも思う。

「……まぁ儲け過ぎたらその分は施設を良くするのに回すって形で、お客さんに還元していくとしよう」

キャンプ場でお金をしこたま儲ける気はない。

日々の生活費を稼げて、有事の際に使うための貯蓄があればそれでいい。

あとはここに来てくれたお客さんが満足してくれれば、俺は大満足なのだ。


はてさて、価格設定を決め終えたあとは、お待ちかね、風呂の時間だ。

「ああ～、効くなあ！」

この世界に来てから初めての風呂。

異世界に来てからこれまでは、宿で水の張った桶を借りて身体を拭いたり、このキャンプ場の川で水浴びをするくらいしかできていなかった。

だが、今日やっと火魔法を使えるサリアが来てくれた。

風呂に入りながら、湯船に身体を沈めるという行為が、どれほど快感を伴うのかを改めて理解する。

やはり風呂は偉大だな！

俺は呟く。

「しかし、たった一週間でここまで汚れているとは思わなかったな。本当にサリアがここで働いてくれることになって、よかったよ」

風呂に入る前に、ストアでボディーソープやシャンプーやコンディショナーを購入して、湯船に浸かる前に身体を洗ったわけだが、とてつもなく身体が汚れていることに気付かされたのである。

もう、風呂のない生活なんて考えられない！


「いやあ～風呂ってやっぱ、いいなぁ……」

風呂から出た俺は、ダイニングでお茶を飲みながらそう言う。

「お役に立てて良かったです！　それにしてもすごい仕組みですね、ボタンを押すと明かりがついて、『蛇口（じゃぐち）』でしたっけ？　ノブみたいな物を回すと水が出てくるなんて……」

「それよりもボディーソープ、そしてシャンプーとコンディショナーに驚かされました。とてもよい香りがする上に、一度洗っただけでこんなに髪がツヤツヤになるだなんて」

そう言いながら、ソニアがポニーテールに纏めた美しい金色の髪をたなびかせる。

ソニアの髪が、普段よりさらに輝いて見えるな。

「本当ですよね！　こんなに髪がサラサラしているのは、生まれて初めてかもしれません！」

サリアは、ソニアよりも長い髪をストレートに下ろしている。

……それにしても風呂上がりの女性は、普段より色っぽく見えて困る。

ちなみにダルガは風呂の順番が最後なので、今風呂に入っていてこの場にはいない。

「このボディーソープやシャンプーは販売しないのですか？　きっと貴族の女性に売れると思いますよ？」

ソニアはそう言うが、俺は首を横に振る。

「迷うところだが、やめておくよ。商人になりたいわけでもないし。それよりも本当はこのキャンプ場に来た人のために大きな風呂を作って、自由に使えるようにしたいんだよなぁ。でも一日中風呂を温めておくなんて無理な話だし……」

元の世界では近くから温泉を引いているキャンプ場があったが、あれは本当によかった。

そんなことを考えていると、サリアが頭を下げてくる。

「すみません。私がもっと火魔法を上手く使えていれば……」

「いやいやいや！　さっき風呂に入れたのはサリアのお陰なんだから、十分に助かっているよ」

「そうですよ。このキャンプ場を作る時に、全く役に立たなかったユウスケより優秀です！」

「お前なあ……」

サリアを励ましているのはわかるんだが、同時に俺をディスるな！

とはいえ事実なので、俺は咳払いしてから改めて礼を言う。

「ともあれ、ソニアの言う通りサリアにはとても感謝しているんだ」

「そんな、感謝だなんて……」

「まあ働きながら少しずつ自信をつけていけばいいさ。さあ、明日商業ギルドに、キャンプ場の営業許可をもらいに行くぞ！　そしたら営業開始だ。楽しみだな！」

俺の言葉に、ソニアとサリアが頷く。

「ええ！」

「は、はい！」

それからダルガが出てくるのを待って、その日は眠った。

◆　◇　◆

翌日。

俺もダルガも、今日の朝はちゃんと起きられた。

四人で朝食を摂ってから、街を目指す。

結界は二つ同時に張ることができない。

今はキャンプ場に結界を張っているため、俺はただの非力なおっさんだ。

これまでは結界に守られていたので、それがないと思うと少し怖いな。

「私たちがいるので安心してください」

「わ、私も全力でお守りします！」

ソニアとサリアがそう言ってくれているから、まぁ大丈夫か。

……立場が逆な気がしなくもないが。

まあいざとなったら、キャンプ場の結界を解除し、俺の周りに展開し直せばいい。

キャンプ場も大事だが、命には代えがたいからな。


そうして歩くこと二時間。特に大きな問題もなく、無事に街まで辿り着いた。

「それじゃあ、まずは鍛冶ギルドに行って、ダルガの依頼達成報告をするか」

俺の言葉に、ダルガが頷く。

「うむ、短い付き合いじゃったが楽しかったぞ。キャンプ場が正式にオープンしたら、知り合いを連れて遊びに行くからのう」

「ああ、すぐ工房に連絡を入れるから、来てくれよな！」

ダルガと熱い握手を交わす。

短い付き合いではあったが、本当に世話になった。

一緒に食卓を囲み、酒を飲んで騒いだのも本当に楽しかったしな。

お客として来てくれたら、また一緒に酒を酌み交わしたいな。

そうして鍛冶ギルドへ行き、手続きを済ませる。

ダルガは工房に戻るそうで、鍛冶ギルドを出たところで別れた。

「……騒がしいドワーフがいなくなると寂しいものですね」

ソニアが、ぼそっと呟く。

「ああ。でも、またすぐ会えるさ」

そんな話をしつつ、商業ギルドへ。

扉を開けると視線が集まり、すぐに元に戻……らない。

それもそのはず、以前来た時からエルフ族のサリアとダークエルフかつAランク冒険者であるソニアが増えているんだから。

あんまり目立ちたくないんだけどなぁ。

とはいえ別に絡まれるわけでもないので気にせず、受付へ向かう。

初日に応対してくれた男性職員がいたので、その人に宿泊施設の申請をお願いすることにした。

手続きをしたい旨を伝えると、職員は驚きの声を上げる。

「えっ⁉　もう宿泊施設ができ上がったのですか⁉」

「はい。運良くダルガ工房の職人を雇うことができ、予定よりもずっと早く完成したんです」

「おお、あのダルガ工房の職人ですか。それは運がいい。この街で一、二を争うほど有名な工房ですよ。なんでも最近親方が代替わりしたそうですが、それでも腕がよいことは間違いありません」

「そうなんですか」

その元親方に建ててもらった、と言えばまた驚かれてしまいそうなので言わないでおこう。

それから言われた通り、四枚の書類に必要事項を記載すると、男性職員は言う。

「記入していただく書類は以上です。明後日こちらの職員をそちらの施設に送ります。そして問題がないようでしたら、正式に営業を許可いたします」

「わかりました、よろしくお願いします」

さて、書類手続きも完了した。

審査もそれほど厳しい物ではないとの話だし、肩の荷が下りた気分だ。

「さあ、これで無事に営業の申請は完了したな。次は市場に行って、キャンプ場で使う食材を買おう。あと、どこか寄りたい場所とかあるか？」

俺がそう聞くと、サリアがピッと手を挙げる。

「あ、あの！　できればこの街を回ってみたいです！」

そういえば、サリアは街にほとんど来たことがないと言っていたな。

「俺も少ししか街を見て回っていないし、散策してみるか。ソニア、案内を頼めるか？」

「ええ、もちろんです！」

よくよく考えてみればこれまではキャンプ場をオープンするために動き続けていたから、こういうのもいいかもな！


「おお～これはすごいな！」

「とっても大きいです！」

俺とサリアは思わず声を上げた。

市場で食材を買い込み、屋台で昼食を摂ってから街を散策しているのだが、見どころがたくさんあって楽しい。

ソニアが目の前の建物について、解説してくれる。

「ふふ、あれは王族が住んでいるお城です。この国の王都は別の街なのですが、あのお城にはこの国の第三王女様が住んでいるのですよ」

「へえ〜、道理で大きくて立派だ。でもなんで第三王女様は、王都じゃなくてこの街に住んでいるんだ？」

「私も詳しくは知らないのですが、政治的な事情があるのかもしれませんね。ただ、あれほどの大きく立派な城をわざわざ建ててもらえたことを考えるに、王に愛されているのは確かでしょうね」

「一度でいいからあんなお城に住んでみたいです」

そう口にするサリア。

俺も一度くらいは入ってみたい気もするが、住むのは堅苦しくて絶対にごめんだな。

それからも様々な観光名所を案内してもらい、やがて煌びやかな通りに辿り着いた。

ソニアが言う。

「ここは、高級商店が立ち並ぶ通りになります。この通りに入る時は、もう少しきちんとした服装でなければならないので、今日はこのあたりから眺めるだけにしておきましょう」

行き交う人々の服装は先ほどまで歩いてきた道で見かけた人たちのそれとは全く異なっていた。

質のよいコートやドレスを身に纏い、装飾品をたくさん付けている人ばかりで、武器や防具を携えている人は一人もいない。

大半が馬車に乗っていたり、お付きの者を従えているところを見るに、貴族や豪商なのだろう。

「はあ～。住む世界が違うなぁ」

俺の言葉に、サリアがコクコク頷く。

「皆さんとても綺麗な服を着ていますね。羨ましいです」

「このお店のお客の大半は貴族や商人です。一部の高ランク冒険者で、きちんとした服装をしていれば入れないこともないですが。私も付き合いで何度か入ったことがありますし」

「そうなんですか！　いいなぁ……」

サリアは羨ましそうにしているが、俺はあまり憧れないな。

まるで貧乏人は来るなと言わんばかりのお店ばかりで、なんだか居心地が悪い。

「おい、そこをどけ！」

突然後ろからそんな声がしたので、振り向く。

そこには一台の馬車が停まっており、声の主はその御者だったようだ。

別に道を塞いでいたわけでもないし、馬車をちょっと横にズラせば通れるだろうが。

なんて内心ムッとするが、相手は貴族みたいだし、言い返さないほうが吉だろうな。

「失礼しました」と口にしつつ素直に頭を下げ、俺らは道の端によける。

「おい、さっさと進め！　平民や冒険者の一匹や二匹、轢いても構わん！」

馬車の中にいる男のそんな声に、御者は怯えた声で返事する。

「は、はい！　すぐに出発します！」

馬車の窓越しに見えるのは、豚のようにでっぷりと肥えた三十代くらいの貴族の男。

それにしてもなんて言い草だ。平民や冒険者を人として認識していないらしい。

そんな男が、突然声を上げる。

「いや、ちょっと待て！」

「は、はい！」

御者はそう返すと、なぜか馬車を俺たちの前に停めた。

何だ？　イチャモンでもつける気か？

そう思っていると、貴族は馬車から降り、サリアに声をかける。

「……ふむ、悪くない。そこのエルフの女、なかなか美しい顔をしているではないか」

「ふえっ⁉　わ、私ですか⁉」

おい、連れがいるのに目の前でナンパかよ。

「よし、気に入った。私の妾(めかけ)にならんか？　今よりももっといい服を着させて、美味い物を食わせてやろう」

ナンパどころか最低の誘いだった……

当然のことながら、サリアはそれを断る。

「あ、あの……お誘いは嬉しいのですが、こ、困ります！」

いや、もっとはっきりと断ってもいいと思うぞ。

サリアはだいぶ押しに弱そうだし、悪い男に捕まらないか少し心配になる。

というより、今がまさにそんなシチュエーションなんだが。

貴族は食い下がる。

「なあに、悪いようにはせん。馬車に乗るのだ」

「え、え〜と、その……」

強引にもほどがある。サリアを両親から預かっている身としては、このまま見過ごせない。

俺は貴族とサリアの間に割って入る。

ソニアも同じことを思ったのか、俺の隣に立っていた。

「すみません、連れが困っていたようなので、割り込ませていただきました。そろそろご勘弁ください」

そう口にした俺のことを、貴族は見下した目で見る。

「ああん？　なんだ、貴様は？」

こんなんでも貴族らしいし、ここで問題を起こすようなことがあってはまずい。

一応は下手に出て、ヤバいようならさっさと逃げよう。

「申し訳ありませんが、彼女は私たちの大切な仲間で、連れていかれると困るのです。時間もありませんので、これにて失礼します」

「女性を誘うなら、もう少し会話を重ねて、もっとムードのよい場所で情熱的に口説いたほうがいいですよ」

おいおい、ソニアさん……それはちょっと挑発し過ぎじゃないですかね？

そんな風に思っていると、貴族はソニアの全身を舐めるように見て、鼻で笑う。

「ふん、ダークエルフの女か……顔はいいが胸が貧相だな。お前のような女はいらん。私はその娘と話をしているのだ。そこをどけ！」

「…………死にたいようですね」

ちょ、ヤバい！　ソニアが完全にキレた！

確かに年下のサリアの胸のほうが、ソニアのより大きいが……なんて言っている場合じゃない！

おい、剣を抜こうとするな！　騒ぎを聞きつけて、衛兵みたいな人たちが集まってきているだろ！

俺は言う。

「逃げるぞ！」

こうなれば戦略的撤退だ！

ソニアとサリアの手を引き、急いで馬車とは反対の方向へ走り出す。

確か馬車は急な方向転換ができないはずだ。

「な、おい！　待て！」

後ろで貴族がそう喚く声が聞こえる。

「ユウスケ、あの豚を斬らせてください！」

ソニアはそんな馬鹿なことを言い出すが、許すわけないだろ！

「アホか！　いきなり貴族を斬ったら大問題だ！　さっさと逃げるぞ！」

それから路地を適当に走り回り、高級商店街から離れた。

「はあ……はあ……」

息を切らしながら後ろを振り向いてみたが、どうやら貴族がここまで追ってくる様子はない。

胸を撫で下ろす俺だったが、ソニアは不満を口にする。

「ユウスケ、なぜ止めたのですか！　あの豚を斬らせてください！」

「止めるわ！　貴族に手を出したらさすがにまずいだろ！」

向こうから襲ってきたわけでもないし、正当防衛にもならない。こっちが犯罪者になっちまう。

……それにしても、ソニアの胸のことに触れるのは、絶対にやめておこう。

そう固く心に誓っていると、サリアが声を上げる。

「あ、あのユウスケさん、手を……」

「あ、悪い！」

そういえば二人の手をずっと引っ張ったままだった。

状況が状況だったし、これはセクハラじゃないよな……？

そう思っていると、サリアが頭を下げてくる。

「いえ！　あの、助けてくれてありがとうございました。ご迷惑をかけてしまってすみません！」

「あんなの事故みたいなもんだろ。もう会うこともないだろうし、忘れよう」

「次にあの顔を見たら、今度こそ真っ二つにしてやりますよ！」

……頼むからそれはやめてくれ。

そういえばあの貴族は、ソニアを知らないみたいだったな。

冒険者としては有名でも、貴族たちはそれほど冒険者に興味がないということだろうか。

「ま、最後はあれだったけれど、今日は楽しかったな。またみんなで街に遊びに来よう」

こちとらスローライフを目指しているんだ。貴族なんかと関わりたくない。

まあ向こうも俺たちなんて眼中にないだろうから、すぐに忘れるだろうけどさ。

異世界の街を見て回るのは面白かったし、屋台の食べ歩きだってとても楽しかった。

どうせ食材を仕入れに街に来なくてはいけないわけだし、またすぐに遊びに来よう。

……貴族がいる場所は避けたいが。

「そうですね、また遊びに来ましょう」

「はい、楽しみです！」

ソニアとサリアはそう言って笑った。

第九話　商業ギルドの審査

ピンポーン！

キャンプ場入り口に設置されているチャイムが鳴った。

俺はサリアとソニアに言う。

「よし、商業ギルドの人が来たようだな。総員、戦闘配置につけ！」

「え、え～と……」

「……いきなりおかしくなったのですか？」

「だから言い方！　ノリで言ってみただけだ！」

こっちの世界の人は、こういうセリフを言わないのか。

それにしてもソニアは、もう少し表現を考えてほしい……って、そんなアホなやり取りをしている場合ではない。

いよいよ商業ギルドの職員が来たのだ。

キャンプ場をオープンできるかが、この審査で決まる。

しっかりいい印象を与えなければ。

「よし、それじゃあ行くか。どんな感じでチェックされるのかはわからないが、実際にお客様が来た時と同じように接客しよう。サリアもソニアも、昨日練習した通りに接客すれば大丈夫さ」

「は、はい！」

「ええ！」

そう、昨日一日を使って接客などを練習したのだ。

ソニアもサリアも、言葉遣いは元から丁寧でほとんど直すところがなかったから、細かい立ち回り方を教えるだけでよかったし。

今日は基本的に俺が接客をするが、実際にキャンプ場がオープンしたら、接客は二人にもやってもらう。しっかりと俺の接客を見て勉強してもらうとしよう。

さあ、ブラック企業で鍛えられたお客様対応を見せてやるぜ！


「いらっしゃいませ。イーストビレッジキャンプ場へようこそ！」

俺は商業ギルドの職員に、頭を下げる。

ちなみにこのキャンプ場の名前は、俺の苗字である東村から取った。

この世界では苗字は貴族くらいしか持っておらず、俺も下の名前のユウスケで通している。だが、この世界で一切苗字を使わないってのも悲しい話だなーと思ったので、キャンプ場の名前にしてみた。

「初めまして、商業ギルド職員のザールと申します。そしてこちらが——」

「初めまして、ジルベールだよ」

「ユウスケと申します、今日はよろしくお願いします」

ザールさんは三十代くらいの男性で、眼鏡をかけている。

そしてジルベールと名乗る男性……いや、男性というよりは少年と言ったほうがしっくりきそうだな。中学生くらいに見える。

子供連れのお客が来たシチュエーションを想定して、知り合いの子供を連れてきた、とか？

すると、ソニアが彼に話しかける。

「ジルベール……わざわざあなたが来たのですね」

「へえ～ソニアがここにいるっていうのは本当だったんだね。新しい宿泊施設の申請を受け付けた職員が、冒険者を一時休業しているはずのソニアが、商業ギルドまで来ていたと教えてくれたんだ。で、気になって僕が直接見に来てみたってわけさ」

どうやら、この少年とソニアは既知の仲らしい。

俺は尋ねる。

「ソニア、この子と知り合いなのか？」

「ええ、まあ……というかユウスケ。ジルベールはハーフリングという種族。身体こそ小さいですが、中身は四十過ぎのおっさんですよ。彼は商業ギルドのマスターです」

俺は予想外の事実に、言葉を失う。

……は⁉　え、この少年が四十を過ぎている⁉

でも、ハーフリングについてはなんとなく知っている。

小人族(こびとぞく)と呼ばれている種族だよな。

この世界のハーフリングは、身体が小さいだけでなく、年齢よりも若く見えるようだ。

ジルベールさんは胸を張って口を開く。

「こんなに可愛らしい見た目の僕をおっさん呼ばわりとか、やめてほしいね。それに歳のことを言い始めたらソニアなんてもうとっくにバ……い、いや、なんでもないから殺気を放つのはやめて⁉」

……どうやら知り合いというのは本当らしい。

最後まで言い切っていたら、たぶんソニアは剣を抜いていたぞ。

「……はあ、あなたは相変わらずですね。ええ、今はここにいるユウスケに雇われて、このキャンプ場で働いています」

ソニアがそう言うと、ジルベールさんは目を細める。

「へえ～Aランク冒険者のソニアが宿泊施設で働く、ねえ。それでそんな可愛らしい格好をしているんだ。似合っているよ」

「お褒めに与り、光栄です」

今ソニアとサリアが着ている服は、ストアで購入したメイド服。

このキャンプ場で俺たちの格好をどうするかソニアとサリアに相談したのだが、二人からラフな格好よりも可愛い服を着たいとの希望をいただいたので、こうなった。

ちなみにメイド服とは言っても実用性重視のロングの物ではなく、メイド喫茶とかで見かける可愛さ重視のやつである……若干だが、個人的な好みが入っていることは否定しない。

実際に二人のメイド服姿を見た時には、思わず心の中でガッツポーズをしてしまったし。

だって本物のエルフとダークエルフが、メイド服を着ているんだぜ。

そりゃガッツポーズの一つや二つ、自然と出てしまうのが男ってもんだ。

そして俺だけでなく、本人たちも気に入っているようなのでよかった。

「うん、そっちのエルフの君もよく似合っているよ！　エプロンにふわふわしたフリルがたくさん付いていて、いいね。女の子のエプロン姿ってどうしてこんなに魅力的なんだろう。ヒラヒラしたスカートもいいよ。それだけ長いと中は絶対に見えないんだけれど、それでももしかしたら見えるかもっていう期待を胸についついつい目線を下にやっちゃうんだよね！　うちの商業ギルドの女性職員の制服も、同じようなのに変えたいな」

……うん、確かに中身はおっさんだわ。

その意見については男として同意せざるを得ないが、外見とのギャップが大き過ぎてちょっとキモい……いやいや、これでも商業ギルドのマスターで、お客様だ。

ちゃんとキャンプ場を案内しなければ！

「こんなところで立ち話もなんですから、まずは中へどうぞ。この施設を案内します」


まず二人を連れてきたのは、管理棟の中だ。

俺は説明する。

「まずこちらが管理棟になります。従業員の部屋などがあり、お客様に出す料理もここで作ります。また、本の貸し出しも行う予定です」

「え、この透明なのってまさかガラス？　こんなに透明度が高くて大きいガラスなんて、街でも見たことないよ！」

ジルベールさんが驚きの声を上げる中、ザールさんが補足してくれる。

「報告ではこの建物はダルガ工房の者が建てたと聞いております。さすが街で一、二を争う鍛冶屋なだけありますね」

まぁガラスは俺がストアで購入した物なんだけれど、そういうことにしておこう。

「なるほどねえ……うん、この建物に問題はなさそうだ。それで、お客さんが泊まる部屋はどこにあるのかな？」

「それでは、一旦外にどうぞ」

それから俺は二人を敷地内の開けた場所に連れてくる。

予め建てておいたテントを手で指し示しつつ、俺は言う。

「当キャンプ場ではこちらのテントを貸し出し、お客様自身で建ててもらいます」

「え、自分で建てなきゃいけないの？」

ジルベールさんの言葉に、俺は頷く。

「はい、説明書を読んでいただき、それでも難しいようなら、従業員が手をお貸しします」

「普通の宿泊施設と比べてだいぶ変わっていますね。宿に泊まるのと野営の中間といったところでしょうか」

そんなザールさんの言葉に首肯する。

「はい、そんな感じです。その代わりに宿泊料は、一泊銀貨三枚と安く設定しております」

「へえ～確かに普通の宿よりもだいぶ安いね。でもわざわざ街から少し離れた場所までお客が来るのかな？」

「このキャンプ場にしかない料理やお酒があります。それを目当てにお客様に足を運んでいただければと考えているのです。ダルガ工房のドワーフの方にも気に入ってもらえたので、自信があります」

　俺がそう言うと、ザールさんは感心したような声を上げる。

「なるほど、あの酒好きなドワーフのお墨付きなのですね……」

「ちょうどお昼時ですし、せっかくなのでここの料理やお酒を味わっていきませんか？」

「そうだね、お腹も空いたしお言葉に甘えようかな。ドワーフが気に入ったお酒か……楽しみだなあ！」

　ウキウキした顔でそう口にするジルベールさんを、ザールさんが窘める。

「ギルドマスター、夕方からは別の予定がありますので、お酒は駄目ですよ」

「ええ～そりゃないよ！　一杯くらいなら大丈夫さ！」

「以前もそう仰っておきながら、十杯以上飲んで酔い潰れたのをお忘れですか？　今日はキャンセルできない大事な予定が控えているので、絶対に許しませんよ！」

「ちぇっ、わかったよ」

　……やっぱり、中身は完全に駄目なおっさんだな。

「何かご希望はありますか？　このメニューにある料理を出そうと思っています」

　俺が差し出した手書きのメニューには、このキャンプ場で出せる料理と、その簡単な説明が書いてある。

　それを見て、ジルベールさんは呟く。

「ふ～ん、見たこともないことも聞いたこともない料理ばっかりだね。あっ、お米を使った料理もあるんだ。

お米の上に煮込んだ肉と野菜と香辛料の効いたとろみのあるスープをかける料理か……うん、この

『カレーライス』って料理をお願いするよ」

「私もギルドマスターと同じ物でお願いします」

「承知しました。少々お待ちください」

キャンプといえばカレー、カレーといえばキャンプというくらい、カレーはキャンプ場の定番料理である。小学校の遠足や体験学習で自分たちで作って食べたという人も多いのではないだろうか。

前世ではサバ缶カレーや野菜ジュースカレー、キーマカレーなど、いろいろとアレンジしていたが、今のところ、手間を考えて市販のルーを使った普通のカレーライスしか提供しないつもりだ。

人気が出たらいろんな種類のカレーを出してみてもいいかもしれないな。

「お待たせしました」

俺がそう言いつつカレーを二人の前に並べると、ジルベールさんが驚いたように言う。

「あれ、ずいぶんと早いね」

「予め作っておいたカレーを温め直してきたんです」

商業ギルドの人たちが来るということで、昨日いくつかの料理は仕込んでおいたのだ。

カレーもそのうちの一つである。

ちなみにご飯を炊くために、羽釜(はがま)をストアで購入した。

本音を言えば保温機能のある炊飯器が欲しいところだが、電力が結構かかりそうだしな。

ソーラーパネルを増やすまでは羽釜で一気に炊いて、ソニアの収納魔法で保温する、という感じになりそう。

もちろんソニアの収納魔法の容量にも限界はあるので、基本食材などはクーラーボックスに保存して、賞味期限の迫った食材を優先して保存してもらう形だ。

「真っ白なご飯に……何やらすごい色をした液体がかかっているね。いい匂いはするけど……これ、本当に食べても大丈夫なやつ？」

「ええ。少し辛いですが、味は保証しますよ。あと無料のお水もどうぞ」

「こ、こちらはお水になります。おかわりもできますので、お気軽に声をお掛けください」

サリアがそう口にしつつ、水を入れたコップをザールさんとジルベールさんの前に置く。

うん、サリアの接客は問題なさそうだ。

ザールさんとジルベールさんは例に漏れず、ガラス製のコップを見て、驚きの声を上げる。

「こ、このコップはガラスを使っているのですか!?　なんと贅沢で美しい！」

「それにこのお水はよく冷えているし、氷も入っているよ！　本当にこれを無料で出すの!?」

俺は頷く。

「はい、コップに関しては特殊な製法で作られてはいますが、それほど高価な物ではないのでご安心ください。水も氷もここにいるサリアの魔法で作られた物なので、実質無料なんです」

氷はストアで買うと地味に高いから、本当に助かる。

ちなみにソニアによると、氷を魔法で生成できる者は少ないらしい。だから今までも冷えた飲み物を出す度に驚かれていたんだな。

そう考えると、サリアはキャンプ場向きの魔法の才能を持っていたと言える。

ひとしきり驚き終わったジルベールさんは、ソニアが手渡したスプーンで、ようやくカレーを掬う。そして一口頬張ると――

「うわ、何これ！　辛いよ!?　……いや、でもこの辛さがあとを引く！　それにこのご飯、ほんのりと甘い！　前に食べたお米はパサパサして変な匂いがしていたけれど、これは違う！」

お米は街でも売っていたのだが、日本の米の味と比べると雲泥（うんでい）の差がある。

なので米だけは、多少お金がかかってもストアで購入することにした。

やはり品種改良された日本のお米は偉大である！

そして味付けは中辛にしてみたのだが……ジルベールさんには少し辛かったか。とはいえ、『あとを引く』って言ってくれているのを見るに、食べられない辛さではなかったみたいで良かった。

ザールさんもうんうん頷きながら口を開く。

「私にとってはちょうどよい辛さです。今まで味わったことのない複雑な味ですね。肉も野菜もとても柔らかい！」

「ぷはあ！　辛みでピリピリした口の中が、冷たい水で癒されていくよ……これは贅沢だ。なるほど、確かにわざわざここまで足を運んでも食べたくなる味だね。料理がこんなに美味しいとなるとお酒のほうも気になるなぁ……」

「ギルドマスター……」

ザールさんにジト目を向けられ、ジルベールさんは慌てたように言う。

「だあああ、わかっているよ！　お酒は我慢するから！」

この光景だけを見ると、少年が駄々をこねているだけに見えるんだけどなぁ。

そんなことを考えていると、ザールさんが言う。

「ユウスケさん、このカレーライス……とても気に入りました！」

「ありがとうございます。カレーライスはこれが基本の味ではありますが、工夫を加えることで、いろいろな食べ方ができます。ここで材料を販売する予定なので、もし料理できるなら、オリジナルのカレーを作ってみるのも楽しいですよ」

カレールーはこのキャンプ場で販売する予定なので、ぜひとも自分たちでオリジナルのカレーを作ってほしい。

異世界の食材を組み合わせて、オリジナル異世界カレーが生まれたらいいな、なんて野望もある。

「へぇ～それは面白いね！　僕もいろいろ試してみようかな」

商業ギルドのマスターが作るカレー……果たしてどんな物になるのだろうか。


カレーライスを楽しんでもらったあとは、キャンプ場の安全性について詳しく説明した。

サリアの両親と同じく、街から少し離れた場所でたった三人で宿泊施設の安全を確保できるのかという懸念があったようだ。

しかし、そのうちの一人がAランク冒険者のソニアであることと、その彼女の力をもってしても破ることができなかった結界を見たことによって、驚きつつも二人は納得してくれた。

そして、ジルベールさんはサムズアップしつつ、告げる。

「うん、オッケーだね。それじゃあこのキャンプ場の営業を許可するよ！」

宿泊施設の営業許可ってそんな軽いノリで出る物なの？

少し戸惑っていると、ザールさんが咳払いする。

「ゴホンッ、補足いたします。今回の審査の結果、商業ギルドでの審査基準を満たしておりましたので、イーストビレッジキャンプ場の営業を許可します。営業自体は本日より始めていただいて構いません。数日後に正式な営業許可証を発行しますので、お時間のある時に一度商業ギルドまでお越しください。また、一ヶ月後から税金を納めていただく必要があります。営業開始から半年間は減税されるため、いきなり多額の納税義務が発生するわけではないので、ご安心ください。また、数ヶ月に一度、商業ギルドの者が抜き打ちで審査に来ます。それ以外の詳細につきましては、営業許可証を受け取りにいらっしゃった時にご説明させてくださいませ」

完璧な説明に圧倒されつつ、俺は頷く。

「は、はい。ありがとうございます」

「ちょっと言葉が足りなかったかな。そういうわけだから、よろしくね」

ジルベールさんは、そう言ってウインクを寄越してくるが……『ちょっと』とかいうレベルではなく、全てが足りていなかったな……

本当にジルベールさんって、ギルドマスターなんだよな？

ザールさんのほうがよっぽどしっかりしていそうに見えるんだが。

ジルベールさんは颯爽と身を翻すと、言う。

「それじゃあね。僕個人としても興味深かったからまた来るよ。ソニアもまたね」

「それではこれで失礼します。ユウスケさん、カレーライスはとても美味しかったです。私も今度は個人的に来させてもらいますよ」

「ジルベールさん、ザールさん、ありがとうございました。お食事だけのご利用もできますので、ぜひまた来てください」

ソニアとサリアと一緒に二人を見送る。

どうにか無事にキャンプ場の営業許可を得ることができて、よかった。


「二人とも接客はバッチリだったよ。実際に営業を開始してからも、あんな感じで頼む。サリアは少し緊張していたようだけれど、たぶんすぐに慣れるだろう」

ザールさんたちが去ってから俺はそう言う。

「は、はい！」

「了解しました」

うん、サリアもソニアもいい返事だ。

それにしても――

「ジルベールさんって本当に商業ギルドマスターなのか？　とてもそうは見えなかったんだが……」

「普段はあんな感じですが、集中した時の彼はとても有能ですよ。歴代の商業ギルドマスターの中でも、ジルベールと肩を並べる者はそういないでしょう」

「へえ〜人は見かけにはよらないものなんだな」

能ある鷹は爪を隠すというやつなのだろうか。

ソニアがそう言うなら、本当にすごい人なんだな。

「さて、何はともあれ、無事に営業の許可が下りたわけだ。あと考えなくちゃいけないのは宣伝か。とりあえず道に看板を出すのと、商業ギルドに有料で広告を出してもらう、くらいかな」

街からキャンプ場への道は、ソニアに風魔法と土魔法を使ってちまちまと整地してもらっている。あともう少しでそれも終わるので、そうなったら道に看板を置くとしよう。

そして商業ギルドの掲示板には、お金を払えば広告を出せる。

商業ギルドを訪れるのはどちらかと言えば経営側の人間ばかりだから、それほどの集客効果は見込めないだろうが、やらないよりはマシだろう。

するると、ソニアが言う。

「私も街にいる知り合いに声をかけてみますよ」

「ありがとう。助かるよ」

それを聞いて、サリアが申し訳なさそうな表情を浮かべる。

「すみません、私は村にしか知り合いがいなくて……」

「大丈夫、俺なんてこの国にキャンプ場関係以外で知り合いは一人もいないから」

……言っていて悲しくなってくるな。

で、でもでも！　元の世界にはブラック企業の同期とか、キャンプ仲間がいたから！

確かにソロキャンプが多かったけれど、完全にぼっちだったわけじゃないからな！

そう内心で切なく言い訳してから、俺は言う。

「よし、それじゃあ明日は街に行って、広告掲載の手続きをしよう。それとダルガにも正式にキャンプ場がオープンしたことを伝えよう……あ、サリア。悪いんだけどエルフ村の方々にも伝えてもらっていいか？」

「はい、わかりました！」

「私はユウスケの護衛として街までご一緒しますよ」

「悪いけど頼む」

一人で街に行くのはさすがに怖いので、ソニアの申し出は大変助かる。

さて、明日の予定は決まった。

今日もこのあとは特に何もないし、開店の準備をするか。

「それじゃあこれから、キャンプ場で出す料理を伝授しよう。とはいえ最初から手間のかかる料理は出さないつもりだし、すぐに二人も作れるようになるよ」

「わかりました。冒険者の頃は野営をしていましたので、簡単な料理ならできますよ」

ソニアに続いて、サリアも言う。

「私も母の手伝いをしていたので、料理なら多少はお役に立つことができ――」

ぐううううう～！

「はうっ!?」

サリアのお腹から大きな音が鳴り響き、彼女は頬を赤く染める。

なんだか、物すごいデジャブを感じた。

「はう……あの、え、えっと」

「その前にお昼だな。めちゃくちゃ腹が減っちゃったよな、ソニア」

「ええ、私もお腹がペコペコです」

俺もソニアも気を遣ってサリアの腹の音については触れない。

ちらっと彼女を見ると、顔だけでなく全身の肌が真っ赤に染まっていて、可愛らしい。

俺は聞く。

「昼飯、二人はどんな物が食べたい？」

「私は、さっきジルベールたちが食べていたカレーライスがいいです！」

「あ、あの……私もカレーライスを食べてみたいです！」

ソニアもサリアも、カレーをご所望とのこと。

確かにあの香りは、食欲をそそるもんなぁ。

俺も、カレーが食べたくなってきた。

そういえば、ソニアはジルベールさんたちが食べている最中、物欲しそうにカレーを凝視(ぎょうし)していた。

キャンプ場がオープンしてもソニアはそういうことをしかねない。

あとで注意しておかねば。

ともあれ今は腹を満たすのが先だ。

俺はカレーと米を温め直しにいくのだった。

第十話　最高のオープン祝い

次の日。昨日話していた通り、俺とソニアは街に来ていた。

「それじゃあまたあとでな」

「はい。用事を済ませたら、街の入り口で落ち合いましょう」

俺らは門を潜ったところで別れる。

一人でこの街を歩くのは、初めてこの街を訪れた時以来だ。

あの時は結界があったから安心だったが、今は先日同様キャンプ場に結界を展開しているので、周囲にはいつも以上に気を配らないといけない。

少し気を張りつつ、商業ギルドへ。

いつも受付をしてくれる男性職員――この間来た時に聞いたところによると、ルフレさんというらしい――に話しかけ、広告の出稿手続きを行った。

「それでは広告の出稿を受け付けました。今日から一ヶ月間、あちらの掲示板に張り出されます」

俺は、ルフレさんに礼を言う。

「ありがとうございます！」

「改めて、この国にいらしてこれほど早く商売を始められるとは……本当にすごいですね」

「だいぶ運に助けられていますけどね」

そもそも神様からもらったスキルがあるわけだし、何よりソニアやダルガやサリアに出会えたことは、本当に運が良かったと思う。

ルフレさんは優しく微笑む。

「運も含めてユウスケさんの実力ですよ。ザールに聞いたのですが、見たことのない美味しい料理を提供されるそうですね。ちょうど明日は休みなので、お邪魔させていただきますよ」

「本当ですか!?　とても嬉しいです！　お待ちしておりますね！」

よっしゃあ、思わぬところでお客さんをゲットできたぞ！

宣伝してくれたザールさんに感謝だな。


続いてダルガ工房へ。

建物の中に入った瞬間に、熱気が肌を撫でる。

「いらっしゃいませ！　ダルガ工房へようこそ」

そんな風に、人族の女性が出迎えてくれた。

鍛冶屋にはドワーフの男しかいないと思っていたのだが、そうでもないらしい。

とはいえ職人はドワーフばかりのようで、奥に視線をやると、カーンカーンといい音を立てて槌で金属を打つドワーフが何人かいるのが見える。

すごい迫力だ……なんて思っていると、人族の女性が聞いてくる。

「本日は武器や防具の購入をいたしますか？　それとも建物の建築に関するご依頼で？」

「すみません。今日はそのどちらでもなく、元親方のダルガさんに会いに来たんです。恐らく『ユウスケが来た』って伝えてもらえると、話が早いかと思うのですが……」

「ユウスケ様ですね。大親方から話は聞いております。少々お待ちください」

よかった、俺の名前は伝えておいてくれていたんだな。

しばらく待つと、ダルガがやってきた。

「おう、ユウスケ。待たせたのう」

「ああ、久しぶり……ってわけでもないか。無事に営業の許可が下りたから、知らせに来たぞ」

「待ちくたびれたわい。もう行っていいのか？」

「いや、明日からオープンだ。オープンしてから一週間は開店祝いってことで飲み物が一杯無料になるから、その間に遊びに来てくれるとお得だ」

「おう、酒好きの仲間を連れていくぞ。楽しみじゃわい！」

「ありがとうよ。あ、それとこれは……土産っていうか、試供品だ。ダルガが好きだったウイスキーを持ってきた。他の人たちに試しに分けてやって……」

キャンプ場の宣伝になればと持ってきた、小瓶に入ったウイスキーをバッグから取り出すと、ダルガは慌てたように言う。

「ば、馬鹿もん！　早く隠さんか！」

「「「おおお～!!」」」

後ろを振り向くと、先ほどまで奥の鍛冶場で槌を振るっていた他の鍛冶職人たちがいつの間にか集まってきていた。

俺は思わず声を上げる。

「な、なんだ!?」

職人たちは目を輝かせ、口を開く。

「これが大親方の言っていた美味過ぎる酒っすね！」

「他の酒とは酒精が比べ物にならないって話でしたよね！」

「あの大酒飲みの大親方がいつもの酒を飲んでも、『あの酒とは比べ物にならん』とか言って最近酒を全然飲んでいなかったもんな！　それほどの酒……ああ、飲みたい！」

ダルガは虫を払うようにしっしと手を動かすと、大声を上げる。

「さっさと仕事に戻らんか！　心配せんでもあとで、少しだけ分けてやるわい！」

「「「うおお～！」」」

ドワーフたちは、素直に元の場所へと戻っていく。

ダルガは頭を下げてくる。

「全く、仕方のないやつらじゃのう……すまん、今までに味わったことのない美味い酒を飲んだと自慢していたものじゃから。この酒も元弟子たちとありがたくいただくわい……本当なら儂一人で飲みたかったところじゃがのう」

「それほど楽しみにしていてくれたのなら、持ってきた甲斐があるよ。そういえばこの酒瓶も欲しがっていたよな。飲み終わったらそのままやるよ」

「おお、そりゃありがたいわい！」

「喜んでもらえてよかったよ。それじゃあ、キャンプ場に来てくれるのを待っているぞ。またな」

こうしてダルガと別れた俺は、工房をあとにする。

ドワーフたちは、いい常連になってくれそうだな。

キャンプ場で美味い飯と酒を楽しむ良さを、ぜひ味わってほしいものである。

そんな風に思いながら街の入り口に戻ると、既にソニアがいたので、キャンプ場に戻ることに。

さあ、いよいよイーストビレッジキャンプ場は、明日オープンだ!!

◆　◇　◆

「料理の準備よし、お酒の準備よし、テントと寝袋の準備よし、テーブルと椅子の準備よし……整地も終わっているし、これで準備は万全のはずだ」

俺が指差ししながら確認していると、ソニアが呆れを滲ませた声で言う。

「もう少し落ち着いたらどうですか？　どうせ最初のほうに来てくれるお客様は、私たちの知り合いばかりだと思いますよ」

「ソ、ソニアさんはすごいですね。わ、私は緊張しっぱなしです！」

「失敗しても死ぬわけではありません。サリアももう少し肩の力を抜いたほうがいいですよ。多少の失敗は、あって当然ですから。焦らずにゆっくりやれば、大丈夫ですよ」

「は、はい！　ありがとうございます」

さすが冒険者として場数を踏んでいるだけある。

そうだよな、別に命のやり取りをするわけではない。

初日なんだし、失敗して当然。大事なのは、失敗から何を学ぶかだ。

そう思っていると――

「いざとなったら別の仕事を探せばいいだけですし、もっと肩の力を抜いていきましょう！」

「おい、こら！」

雇い主の前で冗談でもそんなこと言うな！

冗談だとわかっていても、背筋がひゅっとするだろ！

「え、えっと……私はここを辞めるつもりはありませんから大丈夫ですよ」

「本当にサリアはいい子だな。今日の晩飯はサリアの好きな物にしよう。ソニアは肉なしの野菜炒めでいいな」

「ユ、ユウスケ、もちろん私も冗談ですからね！　私も辞めるつもりなんて少しもありませんよ！

だからちゃんとお肉を――」

　ピンポーン！

「おっと、初めてのお客さんが来たみたいだ。最初だし、みんなで出迎えよう」

　サリアは両拳を胸の前で握り、頷く。

「は、はい！」

「ユウスケ、さっきのは冗談ですから私にもお肉を……」

　縋るようなソニアの言葉をぶった斬って、俺は言う。

「よし、それじゃあいくぞ！」

　いよいよイーストビレッジキャンプ場のオープンである。

　ソニアのお陰で、俺もサリアも少し緊張が解れた。

　あとは練習の成果を出すだけだな！


「「「いらっしゃいませ、ようこそイーストビレッジキャンプ場へ！」」」

「おう、ユウスケ。さっそく来たぞ」

　このキャンプ場の初めてのお客様は、ダルガだった。五人のドワーフを引き連れている。

「ありがとうございます。お待ちしておりました」

　俺がそう言うと、ダルガは顔を顰める。

「何じゃい、よそよそしいのう。いつもの調子でええわい。もちろん他のやつにも同様に接してくれて大丈夫じゃぞ」

「……お客様としては初めて来てくれたから一応、な。俺もこっちのほうが楽だから、助かる」

「ガッハッハ、そっちのほうがユウスケっぽいわい。紹介しておくぞ、こっちの二人は儂と同じで、他の鍛冶屋の親方をやっていたが、今は引退した暇人じゃ」

ダルガに手で示されたドワーフ二人が一歩前に出て、挨拶してくれる。

「はっは！　確かに儂らは暇人じゃな。儂は、セオドという。美味い酒が飲めると聞いた。楽しみにしておるぞ」

「儂はアーロじゃ。ダルガのやつが今までに飲んだことのないような酒を飲んだと自慢しておったからのう。まだ半信半疑じゃが……期待しておるぞ」

「セオドさんにアーロさんだな。任せておいてくれ。このキャンプ場でしか飲めない最高のお酒を出すことを約束するよ！」

そんな俺の言葉を聞いて、二人は満足そうに頷いた。

続いて、ダルガは別のドワーフを紹介してくれる。

「こっちの若い三人は、儂の元弟子たちだ。もらったウイスキーをほんの少しだけ分けてやったんだが、それを飲んだやつらはみんなここに来たいと言っておったわい。とはいえ、オープン初日からあまり大勢で押しかけても逆に迷惑じゃし、工房を休みにするわけにもいかない。仕事が休みのやつらを順番に連れてくることにしたんじゃ」

するとダルガの元弟子たちは勢いよく頭を下げてくる。

「「よろしくお願いします！」」

「こちらこそよろしく」

俺も頭を下げた。

それにしてもダルガは、いろいろと配慮してくれたんだな。

確かに初日から何十人ものお客さんが来てくれるのはありがたいが、人手が足りなくなるのは明白だ。

「それとこいつはオープン祝いじゃ、受け取ってくれ」

ダルガはそう言い、元弟子三人に目配せした。

彼らはやたら大きな荷物を持っており、それがなんなのか気になっていたのだが……どうやらそれがオープン祝いということらしい。

荷物をくるんでいた布を、元弟子たちが取り払う。

俺は、思わず声を上げる。

「おお、これはすごい！」

オープン祝いは、木彫(きぼ)りの看板だった。美しく艶(つや)のある木の板に、こちらの世界の文字で『イーストビレッジキャンプ場』と黒いインクで書かれている。

「見栄えのええ看板があるだけで立派な場所に見えるかと思って、作ったんじゃ。本当ならキャンプ場を完成させた時につけてやるほうがよかったんじゃろうが……ここのキャンプ場の名前を決めたのは儂がここを出る直前じゃったろ？」

「いやいや、そんなの全然いいよ。ありがとう！　最高のプレゼントだよ！」

「さすがですね、私が作った看板とは全くできが違います。これは素晴らしいです！」

「とっても綺麗です！」

ソニアとサリアもそう嬉しそうに言う。

実は今、キャンプ場の入り口にはソニアに字を書いてもらった看板が掲げられている。

ソニアも字は綺麗なほうではあるが、所詮は素人が作った看板。物作りが本職のダルガが作った看板のほうがクオリティが圧倒的に高い。

とはいえ、ソニアの看板を使わないのももったいない。

俺は言う。

「ソニアが作ってくれた看板は管理棟のほうに置いて、この看板を入り口に掲げよう。すごいな、看板で、雰囲気がこうも変わるのか……」

「これだけ喜んでもらったなら、作った甲斐があったわい」

鼻を擦りながら胸を張るダルガ。

こりゃ、目一杯もてなさないとな！

「ああ、本当に感謝するよ！　ところで、今日は泊まっていくのか？」

「うむ。二泊で頼む」

「了解だ。場所の希望はあるか？」

「どこでもええぞ。できれば騒いでも問題ない場所がええのう」

「だったら端のほうがいいか」

ひとまずなんとなくの場所の目星はついたので、ソニアに入り口近くの小屋から人数分のテント、寝袋、椅子、テーブルを取ってきてもらう。

身体強化魔法を使えば、六人分の備品を運ぶのだって、わけはない。

これらは俺のストアで購入した物なので、俺が収納して持ち運ぶことも可能なのだが、俺の能力は見せないようにしたほうがいいだろうという判断だ。

そして、キャンプ場の外周近くまで移動する。

あとからお客さんが来たとしても、ここら辺には案内しないようにしよう。

そう考えつつ、俺は口を開く。

「それじゃあ簡単に当キャンプ場の説明をする。このキャンプ場は宿泊施設だが、皆さんの手でテントを建ててもらうことになる」

「ふむ、ダルガのやつから聞いた通りじゃな」

セオドさんの言葉に頷く。

「ああ、手間はかかるけど、よろしく頼む。その分、宿泊料は他の宿よりも安くなっているんだ。中に説明書があるけれど、わからないことがあったら手伝うから、遠慮なく従業員に言ってくれ」

「わかった。それにしてもテント、いい品じゃな。骨組みは金属でできているのに中身が空洞になっておる。そのお陰で軽くて丈夫なんじゃのう。それを実現できる技術力……すさまじいわい」

「……ほう、この椅子もなかなか面白い仕組みをしておる。体重を後ろにかけると勝手に背もたれが後ろに下がるのじゃな。そしてここのレバーを下げると固定される、と」

アーロさんとセオドアさんは早速設営を始めてくれたのだが、キャンプギアに興味津々のようだ。

ダルガも初めて見た時目を輝かせていたし、キャンプギアはドワーフたちの職人心を刺激するらしい。

恐らくキャンプギアをいろいろ研究しつつ設営するだろうから、時間がかかるだろうな。

今のうちに、食事の準備をしておくか。

「料理やお酒の注文、今のうちに聞いておくよ。これがメニューだ」

「ならば早速酒を飲もう。まずは冷えたビールじゃ！　とりあえずビールを一人三本ずつ頼む！

街で買ったエールを知り合いの氷魔法が使えるやつに頼んで冷やしてもらって飲んだんじゃが、どうやってもあの味には敵(かな)わんかったわい！」

ダルガ、いきなりすさまじい量の酒を頼んできやがった……少しここを離れただけで、だいぶ現代の酒に飢(う)えていたらしい。

「ビールを三本ずつだな。料理はどうする？」

「ふ～む、唐揚げと……あとはユウスケのおすすめのつまみを適当に頼む」

「わかった……そしたらこれとこれとここらへんのつまみを持ってくる。それじゃあ先に料金を払ってもらってもいいか？」

結界の効果で、食い逃げをしたらキャンプ場から出られなくなる。しかし、逃げることはできないというだけで、お金を持ってない状態で飲み食いをすること自体はできてしまう。

犯罪を未然に防ぐ意味でも、先払い制にしたのだ。

ダルガは言う。

「おう。しかし、注文ごとに毎回払うのも面倒じゃな。よし、先に宿泊料も含めて金貨二十枚を渡しておこう。余ったらあとで返してくれればいい」

「……ああ、わかった」

金貨二十枚……日本円にすると約二十万円分。

宿泊料を含めてとは言ったって、六人でどれだけ飲む気でいるんだよ！

足りないことはないだろうし、いいけどさ。

で、前回説明した通り今はオープン記念で飲み物を一杯無料にしているから、それぞれビール一本分の値段を割り引いておけばいいな。

金貨を受け取り、俺たちは管理棟に戻って料理や酒を準備する。

「サリアはビールの準備を。俺は揚げ物をやるから、ソニアは焼き物を頼む！」

「は、はい！」

「了解しました！」

唐揚げ用の鳥肉は予め一口大にカットし、調味料に漬け込んでクーラーボックスの中に入れた。

焼き物だって、既に食材は切ってある。準備に時間のかかる物は既に仕込んであるのだ。

その甲斐あって、調理はものの二十分程度で終わった。

俺たちが料理を持って戻ってくると、既に大きなテントが二つ建っていた。

さすがドワーフの職人たちだ。

下手したら、何度もテントを建てたことがある俺よりも速いかもしれない。

貸し出すテントは、泊まる人数やお客の希望によって変えていく予定だ。

今回はダルガとセオドアさん、アーロさんの三人と、元弟子たち三人が分かれて泊まるので、五人用のテントを二つ用意した。

テントの『〇人用』という表記を信じてその人数で使うと、窮屈（きゅうくつ）な事が多いからな。

「お待たせしました。お酒と料理をお持ちしました」

俺がそう言い、ソニアとサリアと料理やカトラリー類、水と氷の入ったグラスや水差しを並べると、歓声が上がる。

「おお、待ちわびたぞ！」

「ほお、これが例のビールっちゅう酒か。確かに薄い金属の容器に入っておるのう」

「どの料理も美味そうな匂いがするのう。そのどれもが、街では見たことがない物ばかりじゃ」

「おお〜、どれも美味しそうっす！」

「どれから食べていいか迷いますね……」

「腹が鳴りそうです」

ダルガ、セオドさん、アーロさん、元弟子たちはみんな、缶ビールや料理に興味津々のようだ。

ちなみに今テーブルの上に並んでいる以外のビールは、サリアが魔法で出した氷を敷き詰めたクーラーボックスの中に入れてある。これで冷えたビールがいつでも飲めるのだ。

さて、それじゃあ料理を説明するか。

「まずはこれが唐揚げとフライドポテトだ。唐揚げにはこの果物を絞って果汁をかけると、味がさっぱりする。このフライドポテトには軽く塩を振っているが、赤いソース——ケチャップをつけてもいい。こっちは燻製料理だ。チーズに卵、ウインナー、ナッツなどを煙で燻して独特の香りをつけている」

これらも全て、昨日中に仕込んでおいた物だ。

今回燻製料理は定番の桜チップをストアで購入して作ったが、今度は異世界産の香りのいい木材で試してみてもいいかもしれないな。

「そしてこれが、ベーコンと芋の炒め物、こっちがキノコの炒め物だ」

これらには、アウトドアスパイスをかけた。

アウトドアスパイスとはその名の通り、アウトドア用の調味料。

様々な香辛料やハーブが、どんな物にかけても合うように絶妙な配分で調合してあるのだ。

これで、今回のメニューは以上。

改めて見てみるとキャンプ料理というより居酒屋料理って感じだけど……細かいことは気にしないっと！

ダルガが言う。

「こりゃまたどれも美味そうじゃな。それでは早速乾杯するぞ。ここの上の部分を引っ張るとフタが開くようになっておる」

「ほお、これは見事な仕組みじゃ！　薄く溶接した部分をテコの原理を使って開けるのじゃな！」

やはりアーロさんもダルガと一緒で、缶ビールの開け口に興味を示した。

でも、それより今はでき立てを召し上がってほしい……

そんな俺の心の声を、ダルガが代弁してくれる。

「そのあたりの考察はあとにせい。みんな、ビールは持ったな。それでは乾杯!!」

「「乾杯!!」」

ゴク、ゴク、ゴク!!

静寂の中、ドワーフたちが酒を飲む音だけが響き渡る。

「ぷはあ～!!　これじゃこれじゃ！　やはり街の酒とは比べ物にならん！」

しばらくぶりのビールに、満面の笑みを浮かべるダルガ。

「な、なんじゃこの酒は!?　冷えた酒は、こんなにも美味い物なのか!?」

「スッキリとした喉越しがたまらんのう！　確かにこれはぬるいエールなんぞと比べ物にならんわい！」

「も、もう一本飲んでしまったっす！　この間大親方からいただいたウイスキーよりも酒精は弱いけど、飲みやすくてめちゃくちゃ美味いっす！」

セオドさんもアーロさんも元弟子たちも、みんないい飲みっぷりだな。

全員があっという間に缶ビールを一本飲み終えてしまった。

しかしあれだけ美味そうに飲んでいるのを見ると、俺も酒を飲みたくなってしまうな……

「ぷはあ~やはりビールと唐揚げの相性は最高じゃな。ほれ、唐揚げを食ってからビールを流し込んでみい」

セオドさんはダルガのアドバイス通り、唐揚げを食べてからビールを飲み——

「ぬぬ！　サックリとした衣の中から飛び出した熱々の肉汁が、ビールとよく合うわい！」

「大親方、こっちの燻製料理ってやつは、どれも独特の香りがして、普通のナッツやチーズよりも格段に美味いっす！」

「こっちのやつは本当に芋なんすか⁉　外はカリッとして中はホクホクして別物っすね。それにこの酸味の効いた赤いソースをつけても美味いですよ！」

元弟子たちもそんな風に口々に料理を褒めてくれる。

これだけ美味そうに食べてくれると、料理を作った甲斐があるな。

それに皆さんもう二本目のビールに手をつけているし、この様子なら三本なんてあっという間に消えてしまいそうだ。

そう思っていると、ダルガが注文してくる。

「ユウスケ、次は別の酒を頼む。ウイスキー、焼酎、日本酒にウォッカを一本ずつと、グラスを人数分持ってきてくれ」

どうやらいろんな酒を飲み比べるようだ。

酒の飲み比べもいいよなあ。大人数だと尚更楽しいだろう。

「了解だ。だけど少し酒のペースは落としたほうがいい。酒精が強い酒を一気に飲むと、身体に悪いからな」

前回は強い酒を飲み過ぎて、俺は昼まで、ダルガは夕方まで起きられなかったからな。

ダルガもそれを思い出したのだろう、額をぺしっと叩く。

「おお、そうじゃったな！　あまりの美味さについつい手が止まらんかったわい。今日は気をつけるから大丈夫じゃ」

その言葉を信じ、俺は注文された酒を管理棟から持ってきて、机の上に並べた。

「おお～！　これは圧巻っすね！」

「ふむ、このグラスにこの美しい様々な酒瓶、ここに来てから驚かされっぱなしじゃ」

元弟子の一人とアーロさんがそう声を上げた。

確かにこれだけ綺麗なグラスや酒瓶が並ぶと綺麗ではあるな。

「それじゃあ俺たちは管理棟に戻るから、また注文があったら少し手間だが管理棟まで来てくれ」

「なんじゃい、ユウスケ。一緒に飲んでいかんのか？」

そんなダルガに続いて、セオドさんとアーロさんも言う。

「ユウスケ殿と少し話がしたいんじゃがのう」

「儂もじゃ」

俺もせっかくならみんなと話をしてみたい。だが、今日は営業初日だからな。

「まだ他のお客さんも来るかもしれないし、夜になって管理棟の営業が終わったらお邪魔させてもらってもいいか？」

基本的には八時くらいには料理や酒の販売を終える予定だ。

それ以降なら、酒を飲んでも許されるだろう。

「ああ、もちろんじゃ」

「待っておるぞ」

セオドさんとアーロさんはそう言って、笑みを浮かべた。

「ああ、楽しみにしているよ。とはいえ俺がくるまでに酔い潰れないようにな……それでは皆さん、当キャンプ場をお楽しみください」


俺、ソニア、サリアは管理棟に戻ってきた。

「ふう、とりあえずダルガたちにはしばらく呼び出されないだろう。つまみも結構な量を持っていったし」

俺がそう言うと、サリアが大きく息を吐く。

「き、緊張しました！」

「今のところは問題なさそうですね。料理やお酒はあれくらいの早さで提供し続けられたらベストですね。そのためには、お客様が増えた際に抜けがないよう、受けた注文を伝票に書き留めるようにしましょうか」

さすがソニアだ。接客をしながらも、見るべきところをしっかり見ている。

「そうだな。あと、ダルガからもらった金額もメモしておかないとな……っと、それじゃあ俺たちも昼飯にしよう。何か食べたい物はあるか？」

「私はさっきダルガたちが食べていた燻製料理がいいです！」

「あの唐揚げという料理を食べてみたいです！」

どうやらソニアもサリアも、ダルガたちを見て、同じ物を食べたくなったようだ。

ジルベールさんたちが来た時もそうだが、他人が食べている物って、どうしてあんなに美味しそうに見えるんだろうな。

「燻製料理と唐揚げだな。わかった。用意するよ」

ソニアは言う。

「ああして好きな物を自由に食べられるのを見ると、お客としてここを訪れるのもよかったなと思ってしまいますね」

……気持ちはわかるが、今やこのキャンプ場にとってソニアとサリアは欠かせない人材となっている。

もしも辞めて客になりたいと言われたら、『もうケーキは出さないぞ』と脅してここを辞めさせないようにしたいくらいに……

時には心を鬼にしなければならない時もあるのだ。

「俺たちも飯時以外はそれほど忙しくないと思う。料理の仕込みや管理棟の掃除やキャンプ場の整備くらいしかすることがないからな。その間はのんびり過ごしていいぞ」

さすがに今は人が少ないから難しいが、落ち着いて従業員を増やしたら各自の自由時間を増やしていきたいところだ。

そんなことを考えていると、ピンポーン！　とチャイムの音が聞こえた。

「おっと、別のお客さんが来たみたいだ。昼飯を食べるのは、このお客さんを案内してからにしよう。あと……ソニアは管理棟にいてくれないか？　万一ダルガたちが来たら応対してほしい」

「わかりました」

そうして俺は、サリアと一緒にキャンプ場の入り口まで急いで向かう。

「「いらっしゃいませ、ようこそイーストビレッジキャンプ場へ！」」

「おお、ユウスケ殿。早速お邪魔させてもらうぞ」

「いらっしゃいませ、オブリさん」

「お父さん、お母さん、いらっしゃいませ」

「おお、なんて可愛らしい格好をしているのだ！　さすが私とカテナの娘だけあるな！」

「もうあなたったら……でも本当に可愛らしい制服ね。それに村にいた時よりも肌や髪が綺麗になっている気がするわ」

「えへへ～ユウスケさんの故郷の衣装なの。毎日お風呂に入れて、石鹸や髪の毛が綺麗になるシャンプーっていうのも使わせてもらっているのよ」

そんなわけで、二組目のお客様は、エルフの村の方々だった。

アルベさんもカテナさんも、サリアの制服姿を気に入ってくれたようで何よりだ。

そして、今回は以前来てくれた三人以外にも、もう四人エルフがいる。

「うわあ～サリアちゃんすっごい綺麗ね！」

「ありがとう、ルーネちゃん！」

この子は、ルーネというのか。見た目といい、サリアが親し気に話していることといい……サリアと同い年くらいかな。それ以外の三人はオブリさんと同じくらいの年齢と思しきおばあさんと、サリアルベさんやカテナさんと同じくらいの外見年齢の成人の男女だ。

外見年齢の分布を見るに、エルフ族は一定の年齢を過ぎると一気に見た目が老ける種族なのかもしれない。

「ユウスケと申します。ようこそ当キャンプ場へ。それでは皆さん中へどうぞ」

俺がそう言いつつ皆さんを案内しようとすると、オブリさんが何かを手に握らせてくる。

「その前にユウスケ殿、これを受け取ってくれ」

「はい？」

首を傾げつつ手を開くと、そこには古めかしい巾着袋があった。

口を開くと、中には透き通ったガラス細工のような物が、十個入っている。

「キャンプ場のオープン祝いじゃ。それと同族であるサリアを助けてくれたお礼も兼ねておる。これは、魔物避けの魔道具。地面に埋めておくと数十年もの間、凶暴な魔物が近寄ってこなくなる。大き過ぎる魔物には効かんがのう。結界とやらがあるから必要ないということじゃったら、売ってくれてもよいぞ」

「えっ、そんなすごい魔道具をいただいてもいいんですか⁉　ありがとうございます！　結界があれば襲われる心配はないのですが、魔物が侵入することはできてしまうので、とても助かります」

この世界の魔道具とやらがどれくらいの価値があるのか俺にはわからんが、効果を聞く限りなんだかすごそうだ。普通の魔物は木の柵があるため入れないのだが、空を飛ぶ鳥型の魔物は空から侵入できてしまうので、非常に助かる。

「これから長い付き合いになりそうじゃからのう。よろしく頼むわい」

そう口にするオブリさんに、頭を下げる。

「こちらこそよろしくお願いします。それでは早速ですが、中へどうぞ」

第十一話　忙し過ぎる！

「それじゃあサリア、ここは頼む」

「はい！」

サリアにはエルフの人たちがテントを建てるのを手伝ってもらうことにした。

説明書を読んでも、テントを自力で建てるのは難しいかもしれないからな。

最初に来た人たちには、軽くお手本を見せてあげたほうがいいのだろうか。

エルフの方々がテントを張るのは、管理棟の裏だ。

実は、管理棟の裏に訓練場を作ったのだが、そこに近い場所を選んだというわけである。

まぁ訓練場といっても、弓道の的や丸太で作った人型の人形を置いてあるだけだけど。

そして、金属製の武器を置くと殺伐とした雰囲気が出てしまうのでソニアが作ってくれた木製の剣と弓矢を置いてある。

物を傷付けることはできないから、的や人形に攻撃が当たったとて弾かれるし、魔法も消えてしまうが、『それでもいいなら使ってください』という感じだ。オブリさんはともかくとして、一般のお客様には軽い運動目的で使ってもらえれば、と考えている。

ちなみに、訓練場内の通知は来ないように設定した。

的や人形が攻撃される度に通知が来たら、煩わしすぎるからな。

さて、俺らは料理とかの準備をするか。

「ソニア、エルフの村の人が来て飲み物と料理の注文をいただいたから手伝ってくれ」

「了解です」

そうして調理場へ移動し、指示を出す。

「料理はほとんど用意しておいたから、俺だけでもいける。ソニアは水とお茶とリンゴジュースとミルクを用意してくれ」

彼らも今日はこのキャンプ場に泊まってくれるが、昼はお酒を飲まずに軽食で済ませるようだ。

まあ普通に考えたら、昼間っから酒を飲む人のほうが珍しいかもな。

そんな風に思いつつ、料理と飲み物を持って、俺とソニアはエルフたちの元へ。

「お待たせしました。料理と飲み物をお待ちしました」

俺はそう言いつつ料理と飲み物をテーブルに並べる。

すると、オブリさんが嬉しそうに言う。

「おお、待っておったわい！」

テントは三つ貸し出したのだが、既にそのうち二つは建て終わったようで、残り一つをサリアとルーネさんが一緒に建てているところだ。

他の人たちは既にテーブルに着いている。

「お茶とミルク、ジュースになります。あとこちらは無料のお水です」

いつも通りの説明とともに、飲み物を机に置く。

エルフの方々はグラスに驚いているものの、氷には特に反応しない。

エルフ族は基本的に全員が魔法を使えるということだし、氷は見慣れているのかもしれない。

続いて、料理を手で示す。

「そしてこちらは、チーズの盛り合わせ、燻製チーズ、チーズの包み焼きベーコン、野菜焼きチーズです」

まさにチーズ尽くしだな。

チーズの盛り合わせは前回出した物と、燻製チーズはダルガたちに出した物と同じだ。

なので初めて提供するのは、チーズの包み焼きベーコンと野菜焼きチーズくらいか。

前者はカマンベールチーズに厚めのベーコンを巻いて、じっくりと火を通した料理。

外のベーコンがカリカリになって、中のチーズがトロリと溶け始めたら食べ頃だ。

皿に移して、黒胡椒をかけて完成である。

野菜焼きチーズはジャガイモ、ナス、ズッキーニを輪切りにし、片面を焼き上げたあとに裏返して、その上にピザチーズをパラパラとかけ、最後に黒胡椒をかけたら完成。

お手軽料理ではあるのだが、甘い野菜と、少ししょっぱいチーズの相性が絶妙なんだよなぁ。

ちょうど説明が終わったタイミングで、テントの設営も終わったようだ。

ルーネさんも席に着き、エルフの方々は食事を始める。

「ほお、熱々でカリカリのベーコンと溶けたチーズが最高に美味じゃのう！」

「どの野菜もチーズにとても合うさねえ。それにチーズ自体にしっかりと味がついていて、上にかかっている黒胡椒が全体の味を引き締めているようだよ」

「おお、これが村長の言っていたチーズの盛り合わせ！　……うん、確かにどのチーズも、今まで味わったことのない色や味、そして香りで、とても美味しいですね！」

「うわ、このチーズ、変わった色と香りをしていますが……なんだか癖になりそうです！」

オブリさんだけでなく、初めてキャンプ場に来てくれたおばあさんや、アルベさんやカテナさんと同じくらいの外見年齢のエルフにも好評のようだ。

ルーネさんも言葉にこそしていないが、満足そうだ。

……ううむ、それにしてもみんなとても美味そうに食うなぁ。

さっきまでは燻製料理や唐揚げの口だったのに、なんだかチーズが食べたくなってきた。

そんなことを考えていると、オブリさんが声をかけてくる。

「ユウスケ殿、どの料理もとても美味しいぞ。夜はワインを飲んでみたいから、用意しておいてもらえると助かる。それでこのあとは訓練場を使いたいのじゃが……」

「はい、ご自由に使っていただいて問題ございません」

「おお、ありがたく使わせてもらうぞ。そしてこれはもしよかったらの話なんじゃが……夜に少し話をせんか？　できれば酒を酌み交わしながらのう」

「喜んで！　夜になれば落ち着くと思いますので、お邪魔させていただきますね。ではまた後ほど！」

エルフの村のことについていろいろと聞けるかも、と考えるとワクワクする。

世界樹があるのかとか、エルフ村での農作物の作り方や酪農についてなど、気になることはたくさんある。

キャンプ場の経営が落ち着いてきたら、敷地内に畑を作って、元の世界の野菜や果物などを育ててみるのも面白いかもしれないなーなんて考えているのだ。

そんな風に期待を膨らませつつ、俺はサリアに話しかける。

「そういえばルーネさんは、サリアの友達かな？」

「はい。ルーネちゃんは私より少し年上なんですけど、村でよく一緒に遊んでいました。今日は私の様子を見にきてくれたみたいですね」

そう語るサリアの表情は楽しそう。

仲のいい友達が来てくれたことで、すっかり緊張が解けたようだ。

「ご両親や村長さんも来てくれてよかったな。さて、いい加減お腹も空いたし、お昼を食べに戻るか」

「ええ。さすがにご飯が食べたいです」

すると、ソニアも「私もお腹ペコペコですよ！」と割り込んできた。しかし――

ピンポーン！

「……また来客だ。ありがたいけれどタイミングが悪いな。それじゃあ今度はサリアが管理棟に残っていてくれ。なんだったら先に昼飯を食べていてもいいからな」

「わかりました！」

「うう……私もお昼食べたいのに……」

ソニアが本当に悲しそうに言う。

俺もお腹が空いたが、お客様が優先だ。

やっぱり、みんな昼時を狙ってくるようだな。

少し早めに昼食を摂っておけばよかったかもしれない。

「「いらっしゃいませ、ようこそイーストビレッジキャンプ場へ！」」

「この度はオープンおめでとうございます。いやあ、とても立派な看板ですね」

やってきたのは商業ギルドに務めているルフレさんだった。

仕事でもないのに足を運んでくれたのだ。俺は心を込めて感謝を伝える。

「わざわざ御足労いただき、ありがとうございます。この看板はダルガ工房の方がくださったんです」

「そうだったんですね。大変素敵です」

そして来てくれたのは、そう口にするルフレさんだけではない。

「やあやあ、ユウスケ君にソニア。キャンプ場のオープン、おめでとう！　早速来ちゃったよ！」

そう、ジルベールさんも来てくれたのだ。

俺とソニアはそれぞれ礼を言う。

「ジルベールさんもお忙しい中来てくださったんですね。嬉しいです！」

「わざわざありがとうございます。今日は休みだったんですね」

ギルドマスターは忙しいはずなのに、少ない休みを使ってわざわざ来てくれるなんて、ありがた過ぎる。そう思っていたのだが……

「いや、今日は仕事だったよ。でも早く来たかったから、今日はサボっちゃったんだ……てへっ」

いや、そんな可愛らしい顔でテヘペロしている場合じゃないだろ……

ルフレさんは、困り顔で言う。

「ギルドマスターとは街を出た時に、たまたま会ったのですよ。私が何を言っても聞いてくれませんし……まぁ幸い今は商業ギルドもそれほど忙しくないので今回は連れてくることにしたんです。その分他の職員が大変になるわけではありますが……」

ザールさんといいルフレさんといい、だいぶ苦労していそうだ。

そして、当の本人は悪びれることもなく言う。

「みんな真面目に働き過ぎなんだよね。もっとのんびりとした生活をしないと、駄目だよ」

……その意見には大いに賛同するが、仕事はサボっちゃ駄目だろ。

そうは思うが、お客様なので強くは言えない。

「オープン初日に仕事をサボってまで来てくれたのは本当に嬉しいんですけれど、ほどほどにお願いしますね」

「……あんまりサボってここに来るようなら、副ギルドマスターに言いつけますからね」

「おっとソニア、そりゃないよ！　大丈夫、彼女がキレるギリギリを見極めるのは僕の得意技だからね。サボるのはほどほどにしておくよ」

俺らは呆れて物も言えない。

この話を続けていても益にはならなさそうなので、本題に入るとしよう。

「それでは、本日はお食事だけの利用にいたしますか？　それともご宿泊なされますか？」

「私は明日仕事がありますので、食事をいただいて、本日中に街に戻ります」

そう口にするルフレさんに、ジルベールさんは不満そうに口を尖らせる。

「僕は一泊するから、ルフレも一泊していきなよー！　ギルドマスター権限で、明日休みにしてあげようか？」

「そういうわけにはいきませんよ。本当にもう……」

ギルドマスターがこんな感じだと、逆に他の職員たちはしっかりするのかもしれない。

なんだか組織の在り様を考えさせられてしまう。

複雑な思いを胸に、俺はメニューを差し出す。

「それでは、こちらのメニューから食べ物と飲み物をお選びください。ちなみに、オープンから一週間は飲み物を一杯無料で提供しております」

ルフレさんとジルベールさんは少し悩んでから、口を開く。

「私は以前ザールが美味しかったと言っていた、カレーライスでお願いします。飲み物は……このお茶にしますね」

「僕は……『スパム丼』でお願い。あとお酒もほしいね！　何かおすすめの物を用意してくれないかな？」

「スパム丼にはビールが合うかと」

俺がそう返すと、ジルベールさんは頷く。

「じゃあ、それでお願いするよ。ルフレは飲まないの？」

「ええ。いただきたいところですが、このあと街に帰るので、やめておきます。お酒が入ってしまうと、帰り道で何かあった時に正常な判断ができませんから」

キャンプ場内は結界があるので安全だが、ここまでの道のりはそうではない。

そう考えると、食事だけ摂るお客さんはお酒を飲みにくいのか。

さて、注文内容的に今回は俺一人で持ってこられそうだ。

テントの建て方をレクチャーしておいてくれるようソニアに伝えつつ、俺は管理棟へ向かう。

「へえ～いい匂いだね。カレーライスとは違うけれど、美味しそうな香りがするよ」

「こちらのカレーライスは、ザールの言う通りすごい色をしていますが、とても美味しそうな香りがします」

スパム丼とカレーライスを前にして、ジルベールさんとルフレさんはそれぞれ感嘆の声を上げる。

そして食べ始めると、更にいい反応を見せてくれる。

ジルベールさんは勢いよくスパム丼をかき込み、目を輝かせた。

「うん、美味しい‼　味付けは甘辛くて、少し濃い目なんだけど、ご飯と合わせるとちょうどいい！　お肉の表面がカリっとしていて、香ばしいのも最高さ！」

豚や牛などの挽き肉に調味料や香辛料を加えて加熱した物を缶詰にした、スパム。

それを一口大に切って、スキレットで焦げ目が付くくらいまで炒める。

ご飯をよそった丼の上に炒めたスパムを載せ、仕上げに照り焼きのタレをかければ、スパム丼の完成だ。

本当は生卵をかけるとさらに美味しいのだが、この世界では卵を生で食べる文化はないらしいから、今回はなしだ。

続いて、ジルベールさんはビールを呷(あお)る。

「ぷはあ！　うわ、このビールってお酒、冷たくてゴクゴク飲めちゃうよ！　確かにこんなお酒なら、ドワーフたちがハマるのもわかるね！」

……少年の見た目で、ビール缶を片手に『ぷはあ』とか言われるとなんだか混乱しそうになる。

とはいえ濃い味のスパム丼が酒に合うのは自明の理なので、むべなるかなって感じではあるが。

すると、隣でルフレさんも明るい声を上げる。

「カレーライスもとても美味しいですよ！　そもそも私、米はあまり食べないのですが、甘くて美味しいですね！　そしてそこにかかったソースも辛いには辛いのですが、今までに味わったことのない味で……スプーンが止まりません！」

うむうむ。ご飯は何かと合わせた時にこそ、その真価を見せる。

日本人の俺としては、この異世界でもご飯を流行らせたいものである。

「いやあ、美味し過ぎてあっという間に食べちゃったよ。これは夜ご飯も今から楽しみだね」

「私も今度はぜひ一泊していきたいです。メニューにはまだ他にも知らない料理がたくさん載っていましたから」

そう口にするジルベールさんとルフレさんに、軽く頭を下げる。

「ありがとうございます」

今、俺らは食器を持って管理棟へと歩いている。

こうなったきっかけはジルベールさんの言葉だった。

『夜まで何をしようかなあ。そういえば本の貸し出しをしているんだっけ？　どういう本が置いてあるの？』

『漫画という絵がメインの本、小説、俺の故郷のレシピ本などいろんな種類の本がありますよ。よろしければ管理棟まで来て、ご自身で選ばれてはどうですか？』

『へえ～そんなにいろんな種類の本があるんだ！　それじゃあ一緒に行こうかな』

『私も興味がありますので、ご一緒してもよろしいでしょうか？』

ルフレさんもそう言ってくれて、今に至る、というわけだ。

管理棟に着き、食器を流しに持っていったあと、二人を本棚の前へと案内する。

ちなみにソニアには『今の内に食事を摂っておいていいよ』と告げた上で昼休憩に入らせてあげた。

「へえ～こんなに本があるんだ！」

ジルベールさんが嬉しそうにそう言うので、俺は頷く。

「ええ、どれも当キャンプ場でしか読めない本ばかりですよ」

昨日、本をさらに大量購入した。

それによって、元々半分程度埋まっていなかった大きい本棚が、埋まった。

とはいえ、これからももっと増やしていきたいとは思っている。

ちなみにそれ以外にも、お客様用のテントや椅子、寝袋にマットなどを追加購入したせいで、初めにストアにチャージされていた百万円はほとんど使い切ってしまった。

やはりキャンプギアはお高いんだよなぁ……

もちろんキャンプギアの値段もピンキリで、もっと安い物はいくらでもあったのだが、これから長く使うことを考えると、高くてもいい物を買ったほうがいいなって思っちゃったんだよな。

とはいえ、施設に対する初期投資はもうほとんど終わったので、あとはお金がどんどん増えていくだけのはず……だよね？

「その漫画っていう本は、初めて見るね。どれどれ……うん、僕はこれにしようかな」

「それでは私はこの小説にしてみます。こちらも表紙には綺麗な絵が描かれておりますね」

ジルベールさんとルフレさんはしばらく本棚を吟味した上で、それぞれ数冊ずつ本を選んだ。

ルフレさんが手に取ったのは、ファンタジー小説だ。

そもそも現状置いてある小説のほとんどが、ファンタジー小説だ。

推理小説とかもよく読んでいたのだが、この世界の人にトリックとか密室殺人とかあまり刺さらないんじゃないかと思ってな。魔法があれば、密室殺人とか簡単にできそうだし。

それより、この世界に近い世界観の中で話が進むファンタジー小説のほうが、親しみやすそうだなって。ファンタジー世界の住民が、ファンタジー小説を読むとどういう反応をするのか気になったっていうのもあるけど。

あとでルフレさんに感想を聞いてみよう。

ジルベールさんとルフレさんを見送ってから、俺は管理棟の受付へ。

既にお昼の時間はとっくに過ぎてしまっている。

軽くでいいから何か腹に入れたいところだ。

「ふう、これだけ連続だとさすがに疲れてきたな……ただいま」

「あ、ユウスケ、おかえりなさい。先ほど、ユウスケがいない間に冒険者の知り合いがやってきたので、応対しておきました。今はサリアと二人で注文いただいたバーベキューの準備をしているところです」

ソニアは本当に優秀だ。俺は礼を言う。

「ああ、助かるよ」

すると、そんなタイミングで、またチャイムが鳴る。

「これで五組目か。思ったよりも忙しいな。俺が行ってくるから二人はそのままバーベキューの準備を頼む」

今日はちゃんとした昼食は摂れないかもな。何かできているやつを適当に食べよう。

なんて思っていると、受付にダルガの元弟子がやってきた。

「すみませ〜ん、お酒のおかわりをお願いするっす！」

おいおい、もうあれだけの酒を飲み切ったのか……

「サリア、お酒を出してやってくれ。伝票に書くのを忘れないようにな」

「は、はい！」

……本格的に忙しくなってきたぞ。

「いらっしゃいませ、ようこそイーストビレッジキャンプ場へ！」

「おお、本当にこんな場所に施設ができたのか」

そう口にするのは、恰幅（かっぷく）のよい、見た目三十代くらいの男性だ。

後ろには馬車が停まっており、その後ろの荷台には様々な荷物が載っているのを見るに……行商人だろうか？

「商業ギルドに貼ってあった紙を見てきたんだ。ちょうど隣町に出かける用があったから、その途中に食事ができればと思ってね」

「それはそれは……ありがとうございます！　日帰りでのご利用ということですね！　中にどうぞ！」

早速商業ギルドに貼ったチラシが役に立ったようだ。

なるほど、移動の際に立ち寄って、お昼だけ食べに来るパターンもあるんだな。

上手く胃袋を掴んで、リピーターになってもらわなければ！

◆　◇　◆

「疲れました……」

「疲れたな……」

「疲れましたね……」

サリア、俺、ソニアはそれぞれそんな風に零しながら、受付でぐでっとしている。

時刻は夕方。

ようやくお客さんの波が落ち着いた。

候補地を巡った時ですら弱音を吐いていなかったソニアでさえ、とても疲れているようだ。

結局あのあと、四組ほどのお客様が食事しにきてくれた。

商業ギルドでチラシを見た人や、街までの移動の際に看板を見つけてちょっと寄ってみようって人がそれなりにいたのは、嬉しい誤算である。

どのお客さんも食事に満足してくれていたように見えたから、また来てくれることを期待したい。

さて、まだ休んでいるわけにはいかない。

よりよいキャンプ場を目指すためには、反省と改善が必要だ。

「晩飯の時間になって忙しくなる前に、とりあえず初日の問題点を洗い出そう。二人とも遠慮のない意見を聞かせてほしい」

「そうですね。料理やお酒については特に問題がなかったかと思われます。ただ、一番の問題は人手不足ですね。もう少し余裕があるかと思ったのですが、お客様への説明やテーブルや椅子の設置に想像以上に時間が取られるのだとわかりました。今はギリギリ回っていますが、これ以上お客様が増えるとしたらあと二人……いえ、せめて一人は従業員がいないとどうしようもないかと」

そんなソニアの言葉に、サリアも同意する。

「わ、私ももう一人くらい人がいると助かるなって思いました。あと馬車で来てくださるお客様もいたので、入り口に馬車を停める場所があってもいいかもしれません」

「人手不足は俺も感じたな。次の休みの日に街で従業員を探そう。そして馬車を停める場所も、確かにあったほうがいい気がする。意外と馬車で来る人が多いっていうのは発見だったな」

できればキャンプ場は年中無休にしたいところだが、今は人手が足りていないので一週間に一日は休みにする予定だ。

驚くべきことだが、この世界にも一週間という単位は存在するらしい。さすがに曜日の名前は違うけど。曜日名はまだ覚えていないが、ゆくゆくはちゃんと覚えねば。

元の世界で言う水曜日は休みとなっている。

このキャンプ場の運営が軌道に乗れば、従業員を増やして、シフトを組んで休みを回せるようにできればいいと思うが、さすがにまだそれは先の話だ。

「人手不足は完全に俺のミスだな。次の休みまではこの三人で乗り切らなきゃいけないから、すまないが少しの間だけ我慢してくれ」

「はい、頑張ります！」

「ええ、任せてください！」

力強く頷くサリアとソニア。

頼りになる仲間を持ったものだ。

◆　◇　◆

「よし、今日の営業はここまでだ。二人とも本当にお疲れさま」

俺の言葉に、サリアとソニアはほっとしたような表情を浮かべる。

「お疲れさまでした！」

「お疲れさまです！」

午後八時。無事にキャンプ場のオープン初日が終了した。

少し料理の提供が遅れてしまうこともあったが、それ以外は特に大きなトラブルもなく今日一日を終えることができた。

八時を過ぎたら管理棟の入り口の明かりを消して、料理や酒の提供も終了するので、今日はもう働かなくてもいい。

それを過ぎても食べたり飲んだりしたい人は、予め買っておくよう伝えてあるしな。

もちろん、ダルガたちは本当に飲み切れるのかと思える量の酒を買っていった。

まあ明日も泊まると言っていたし、余ったら明日飲めばいい。

「ふ～、なんとか初日を終えられて本当によかったよ」

「夕方は昼に比べたら幾分かマシでした。やはりお昼時が一番忙しいのですね」

ソニアの言葉に頷く。

「そうだな。夕方に来たのは宿泊客が一組だけ。道が暗いから、食事だけしに来るのはハードルが高いんだろうなぁ……なんにせよ、本当にお疲れさま。晩飯とケーキを用意してあるから二人で食べていてくれ。俺は少しだけみんなと飲んでくるよ」

「わかりました、お先にいただきます」

「明日もあるのですから、ほどほどにお願いしますよ」

そう口にするソニアに、サムズアップする。

「ああ、もちろんだ」

第十二話　出会いに乾杯

「ダルガ、お待たせ」

「おう、ユウスケ。なんじゃ、もうあの格好はやめたのか？」

「もう営業は終わったからな」

最初に顔を出したのは、ダルガのテントだ。

ダルガに言われた通り、今は私服に着替えている。

「おお、ユウスケ殿。いやあ長生きはするもんじゃな！　これでも酒については相当詳しいつもりじゃったが、儂らの知らぬ酒がこれほどあるとは思わなかったぞ！」

「喜んでもらえてよかったよ、セオドさん……もう完全にでき上がっているな」

セオドさんだけでなく、全員顔が真っ赤じゃないか。

地面には空っぽになった酒瓶が山ほど転がっているし。

「ガッハッハ、そりゃこれほど美味い酒があったら、あるだけ飲まねば酒に失礼だからのう！」

「アーロさんにも気に入ってもらえて何よりだ。俺の故郷で作られた酒なんだが、どれもこだわり抜かれているんだよ。これだけ美味そうに飲んでくれれば、酒を作った職人も喜ぶさ」

「うむ、その職人たちに、敬意を表するわい！」

そういえば、一つ気になったことがある。質問してみよう。

「ちなみに、みんなはどの酒が一番気に入ったんだ？　今後の参考に聞きたいんだ」

「う〜む、難しい質問をするのう。どの酒も街の酒よりも美味いが、強いて言うなら儂はこのウォッカかのう。これほどまでに酒精の強い酒がこの世にあるとは思わんかったぞ」

「待て待て、確かにウォッカは美味かったが、一番はこの日本酒じゃろ。酒精が強いだけでなく、これほど深い香りと味わいのある酒を、儂は知らんぞ」

「どれも捨てがたいが、やはり儂はこのウイスキーかのう。この独特の風味は一度味わったらやめられんわい」

ダルガはウォッカ、アーロさんは日本酒、セオドさんはウイスキーか。見事に三人バラバラだな。

逆にどの酒もドワーフのお眼鏡にかなったってことでもあるわけだが。

「俺はこのビールですね。まさか冷えた酒がこんなに美味いとは思わなかったっす！」

「あ、俺もビールです！」

「俺も俺も！　酒精は弱いけど、この飲みやすさは最高っす。それにどの料理にも合いますし！」

ふむふむ、若いドワーフの三人は飲みやすいビールが好みか。

確かにビールは他のお酒よりも合う料理が多いかもしれないな。

ダルガたちもビールを気に入っていたし、やはりこのキャンプ場で最初におすすめするお酒はビールで良さそうだ。

そして、ビールもそれ以外の酒にも言えることだが、銘柄をもうちょい増やしたいな。

今は俺の気に入っている銘柄を提供しているが、週替わりで別の銘柄を提供するとか……うん、面白そうだ。

「ありがとう、いろいろと参考になったよ」

「そういえば礼を言うと、セオドさんが突然質問してくる。

俺が礼を言うと、セオドさんが突然質問してくる。

「そういえばユウスケ殿はこの国の者じゃないらしいのう。どこの国から来たのじゃ？」

「それ、僕も気になるな！」

「ジルベールさん⁉　どうしてここに⁉」

別の場所にテントを張っていたはずのジルベールさんが、突然現れた。

「ルフレも帰っちゃったし、暇だから夜の散歩をしていたんだ。そしたらユウスケ君の声が聞こえてきたんだ。せっかくだから僕も交ぜてよ！」

そういえばルフレさんは日が暮れる前に帰ったから、ジルベールさんは夜、一人きりなのか。

俺はみんなに聞く。

「皆さん、もしよろしければ彼も話に交ぜてもらえませんか？」

セオドさんとアーロさんは頷く。

「もちろん構わんぞ……というか、ジルベールじゃないか。来ておったんか」

「久しぶりじゃのう、儂が引退する時に会って以来か」

「あれ、よく見たらセオドにアーロに、ダルガまでいるじゃん！　なんでここにいるの……ってお酒目当てに決まっているか」

あれ、ジルベールさんはみんなと知り合いなのか……って思ったけど、ダルガの元弟子たちはきょとんとしている。

「ジルベールさん、三人のこと知っていたんですね」

「うん、これでも商業ギルドマスターだからね。さすがにこの街でトップスリーの鍛冶屋の親方とは面識があるよ。ああ、今は元親方か」

え、ダルガだけじゃなくセオドさんにアーロさんも有名な鍛冶屋の親方だったのか。

「そういえばダルガ工房の職人があの建物を建てたって言っていたね。そういう繋がりかあ」

そんな風に勝手に納得しながら、手に持っていた椅子を組み立てて座るジルベールさん。

散歩と言いながら、初めからどこかに交ぜてもらう気満々だったらしい。

「ふむ、なかなか面白そうな話をしておるのう。儂らも交ぜてもらってもよいかのう？」

「オブリさん!?」

今度はエルフ村の村長のオブリさんまで現れた。

さすがにジルベールさんと違って、椅子は持っていないけれど。

「すみません。先にこちらと約束していたので、後ほど顔を出そうと思っていたんです」

俺はそうオブリさんに説明してから、またみんなに聞く。

「あの、こちらの方も大丈夫ですか？」

「ああ、もちろんじゃ。美味い飯や酒は大勢で楽しむほうがええからのう！」

「おうとも！　椅子が余っていたはずじゃから、こっちに持ってくるんじゃ！」

ダルガの元弟子たちはそそくさと椅子を取りに行った。

俺は頭を下げる。

「ありがとうございます、セオドさん、アーロさん。ジルベールさんも大丈夫ですか？　……あれ、ジルベールさん？」

「オ、オブリ様！　もちろんでございます!!」

え、何その反応!?

いつものほほんとしたジルベールさんが、オブリさんに対してはめちゃくちゃかしこまっている!?

そんな彼の様子を見て、オブリさんは苦笑いする。

「ここではそのようにかしこまる必要はないぞ。もっと楽にせい。他の者も困っておるじゃろ」

「は、はい！　承知しました！」

「それではユウスケ殿、せっかくなのでサリアの両親も連れてくるわい。残念ながら他の者はもう寝てしまったようじゃから、三人でお邪魔しよう」

オブリさんはそう口にして、自分たちのテントのほうへ足を向ける。

俺も言う。

「あ、はい。俺もソニアとサリアに声をかけてみます。あとせっかくなんで、他の起きているお客さんにも声をかけてみていいですか？」

「もちろんじゃ。ふぉっふぉっふぉ、静かな森で同族と暮らすのもよいが、たまには大勢で飲むのもよいのう」

元の世界でキャンプや旅をしている時も、こんな感じで初めて出会った人たちと楽しく話しながら飲んだなぁ。

ただし、当たり前だがソロキャンプを楽しみたい人や、仲間内だけで楽しみたい人も大勢いるので、そういう人を無理に誘うのはご法度だ。それは、異世界(ここ)でも同じだ。

キャンプにはそれぞれの楽しみ方があるから、それを尊重しなければな。

ジルベールさんが、聞いてくる。

「……ユウスケ君、オブリ様と知り合いなの？」

「ええまあ、ちょっとした縁で……それよりもジルベールさんがオブリさんと知り合いだったなんて、驚きました」

「……その反応を見るに、知らないみたいだね。詳しいことは話せないけれど、オブリ様は表向きは商業ギルドの大のお得意様なんだ。オブリ様しか作ることができない魔道具の数々を商業ギルドに卸してくださっているからね。そしてその売り上げは、商業ギルドの売り上げの何割かを占める」

え、表向きの話もすご過ぎるのに、裏向きの何かがあるの⁉　そっちも気になるんだけど⁉

いや、でもスローライフを目指す俺の身からしたら、聞かないほうがいい気もする。

……………うん、俺は何も聞いていない。

オブリさんはエルフ村の村長さんで、商業ギルドの大のお得意様……そういうことにしておこう。

結局ソニアとサリア、そしてソニアの知り合いの犬獣人の冒険者の二人も一緒に飲むことになった。

話を聞くに、彼らはBランクの冒険者らしい。

獣人とは言っても少し毛深く、犬耳と尻尾があるくらいで、人族とそれほど変わらないように見える。

ただ、街ではモフモフな毛並みに覆われた、どっちかというと獣に近いような獣人も見たことがある。種族あるいは個人によって獣と人のどちらの特徴が色濃く出るのかは違うのだろう。

もう一組ソニアの知り合いの冒険者が来ていたのだが、明日が早いそうで、丁重に断られた。

その冒険者たちのテントからここは結構離れているので、多少は騒いでも問題なさそうかな。

「……それにしても、なんとも面白い顔ぶれですね」

「初めて見る種族の方が、いっぱいいらっしゃいます。不思議です」

……うん、ソニアとサリアがそう言う気持ちも非常によくわかる。

今ここにはドワーフ、エルフ、ダークエルフ、ハーフリング、獣人、そして人族の俺が一堂に会している。

それなのにやっているのは焚き火とバーベキューコンロを真ん中に囲って、各自で買ったお酒を飲んだり、肉や魚を焼いて食べたり、隣の者と話をしたり。とても平和だ。

「ユウスケさんって言ったな。ソニアに誘われて来てみたが、ここはすげえいい場所だな！　昼間に貸してもらったバドミントンにフライングディスク、だっけ？　久しぶりに子供の頃に戻った気分で遊べたぜ！」

「それは良かった。楽しいもんな、バドミントンもフライングディスクも」

獣人の冒険者の一人――ランドさんからは夜まで何か楽しめる物はないかと相談されたんだよな。

本には興味がないとのことだったので、バドミントンとフライングディスクを貸してあげたのだが、喜んでもらえたようでよかった。

ちなみにもう一人の獣人の冒険者――バーナルさんとバドミントンをしているのを見かけたのだが、獣人は身体能力が高いらしく、通常の三倍以上速いスピードでシャトルを打ち合っていた。

一緒にプレイすることはできなそうである。

「ああ。それに晩飯のバーベキューの美味さはヤバかったな！　素材もよかったが、あのタレがすごかった。金色の味、おろしダレ、塩ダレだっけ？　どれも街では見たことねえけど、素材につけるだけで最高の味になった。野営で使いたいよ！」

そう言ってくるのは、バーナルさん。

茶色の毛並みのランドさんに対して、バーナルさんは白い毛並みだ。

すると、オブリさんが話に入ってくる。

エルフの村の皆さんも、晩飯はバーベキューだったんだよな。

「儂もじゃ。長年生きた儂でもあれほどの調味料を味わったことはなかったわい。儂らも村で使いたい！　それにチーズも土産にほしいのう」

「じいさんもそう思うか！　っていうかここのチーズはまだ食ったことがないが、美味いのか？」

「ああ。儂らの村でもチーズを作っておるんじゃが、何ぶん量が少なくて貴重。それに引き換え、ここでは心行くまでチーズを食べられるのじゃ。見たことのない種類の物も多いしのう」

「そりゃすげえな。今度来た時はチーズも食ってみるぜ。ありがとよ、じいさん」

「ふぉっふぉっふぉ、礼には及ばんよ」

そんな風に盛り上がるオブリさんとバーナルさん。

ジルベールさんはそんな二人を横目に、胃のあたりを押さえている。

「……オブリ様に向かってじいさん。うう、胃が痛い……」

ダルガやその元弟子、ジルベールさんまで、キャンプ場にある物が欲しいと訴えてくる。

「あとは酒じゃい！　ここの酒は他では飲めん。金を倍払ってでも買って帰りたいのう」

「ビールは冷えていたほうが美味しいから難しいっすけど、ウイスキーや日本酒ならそのまま飲めそうなんで、ぜひ欲しいっすね！」

「僕はあの漫画が欲しい！　あれすっごく面白いよ！　娯楽を求めている貴族たちなら、いくら払っても欲しがるんじゃないかな。ねえユウスケ君、相談なんだけど、あの漫画で商売しない？」

ジルベールさんはさっき胃を押さえていたはずなのに、商売の話になった途端に元気になったな。

だが、それはできない相談だ。

「……みんながこのキャンプ場にある物を欲しいという気持ちはすごく嬉しい。でも販売はしない予定だ。理由は二つある。まずこのキャンプ場は街から少し離れている。そこにお客さんを呼ぶためには、ここのキャンプ場にしかない、特別な何かが必要になるんだ。そしてこっちが一番の理由なんだけれど、珍しい物をあちこちで売ってしまうと、いろんなところに目をつけられちゃいそうで怖いんだ。貴族やら王族やらから反感を買ったら、何されるかわからないだろ？　みんなも知り合いにはぜひともこのキャンプ場を紹介してほしいけど、面倒そうな貴族とか王族とかに伝わらないようには、注意してほしい」

俺の一番の目的は、キャンプ場でスローライフを送ることだ。

貴族や王族の中でも純粋にキャンプ場で食事やお酒を楽しんでくれる人もいるかもしれないが、サリアを口説いたあの貴族のような、面倒なやつだっているわけだし。

ついでに言うと、今は人手もお金もないから俺も必死で働かなければいけないが、いずれは裏方に回りたい。そうして俺の能力は秘密にしておきつつ、お客さんたちに交じってのんびりとキャンプをして過ごすってのがベストだな。

その際に、変に有名になっているといろいろ不都合だ。

「……ふむ、それならば儂でも破れん結界についても広めぬほうがよいな。暗殺やら毒殺やらを恐れている王族からしたら、喉から手が出るほど欲しい人材かもしれんからのう」

「……ううむ、確かにこの酒が貴族どもに見つかったら、間違いなく独占されてしまうな。販売を始めて、実物が出回ってしまったら噂じゃすまなくなるじゃろうし」

やっぱり、オブリさんやセオドさんもそう思うか。

ソニアも言う。

「そうですね、少なくともユウスケの考える通りのんびりとした生活を送るのは難しくなるでしょう。私も漫画を読みながらのんびりとした生活を送りたいので、キャンプ場の物品の販売には反対です！」

「あ、ソニアも漫画を読んでいるんだ。最初は絵ばかりの本なんてどうかと思ったけれど、すっごい面白いよね！　たぶん明日までに読みきれないから、またここに来て読まないといけないなあ」

そう言うジルベールに対して、ソニアはニヤッと笑って言う。

「ユウスケの故郷には数えきれないほどの種類の漫画があるらしいですよ」

「へえ～！　それは楽しみだね！　……っとごめんごめん。話が逸れちゃったね。とりあえず、販売したくないっていうユウスケ君の考えは、よくわかったよ。僕も、それがいいと思う」

バーナルさんも頷く。

「ああ。残念だけれどあのタレはここに来て楽しむとするさ。それにしても漫画ってのはそんなに面白いのか。本を読むのは好きじゃないが、今度読んでみようかな……」

「うん、おすすめだよ！」

「ええ、おすすめですよ！」

犬獣人に漫画を進めるハーフリングとダークエルフ。なんだかシュールだ。

そう思っていると、バーナルさんが改めて聞いてくる。

「そういえばちょっと話は戻るけれど、ユウスケさんの故郷はどこにあるんだい？　このあたりじゃあんまり見かけない黒い髪をしているけど」

「俺の故郷は日本という国だ。詳しい場所は秘密だけれど、この国からずっと遠くにある。とても豊かな国で、争いごともほとんどないから、その分、お酒や料理や本などのいろんな文化が他の国よりも進んでいるんだよ」

「日本ですか。聞いたことがないですね」

「ふむ、儂も聞いたことがないのう。これほどの酒を作れる国ならば、ぜひ行ってみたいものじゃが」

カテナさんもアーロさんも、そう口にしつつ首を傾げる。

「実は俺自身も事情があって、故郷にはもう帰れない……でも一応繋がりはあるから、物資だけは受け取れるって感じなんだ」

うん、嘘は全く言っていない。

俺は続けて言う。

「故郷には帰れなくなったけれど、こうやって夢だった自分のキャンプ場を作ることができた。それにこうしてみんなと出会えた。俺はとても満足しているよ」

これは、偽りない本心だ。

家族を日本に残してきたのだけは心残りだが、この世界にやってこなければ、ソニアやダルガにサリア、そしてここにいるみんなと出会うことができなかったのだから。

心の底から今の生活を、この世界を気に入っているのだ。

「ユウスケ君……その通りだよ！　そう、人間過去を振り返るよりも、前を向いて、胸を張って今を生きていくことが大事さ！」

ジルベールさんの言葉に、ダルガが頷く。

「そうじゃな、ジルベールの癖にいいことを言うわい。儂も工房を引退して、あとはのんびりと余生を過ごすだけじゃと思っていたが、今日のように新しい出会いを経験できたしの！」

続けて、カテナさんとランドさんも口を開く。

「ええ、私たちの娘もユウスケさんに助けてもらい、ここで働かせていただけることになりました。人との縁や出会いという物は本当に面白いです！」

「俺もこんなに別の種族の人と話すのは今日が初めてだが、最高に楽しいぞ！」

「それでは改めて皆で乾杯をせんか？　ほれ、ユウスケ殿、音頭を頼むぞ」

オブリさんの言葉を聞いて、みんながグラスを持って俺のほうに視線を向ける。

俺は言う。

「今更堅苦しいのはなしだ。だけど、これだけは言わせてくれ！　今日はこのキャンプ場に来てくれて本当にありがとう！　それじゃあ――この出会いに乾杯！」

「「「出会いに乾杯!!」」」

夜のキャンプ場に、グラスを打ち鳴らす音が響いた。

月が導く異世界道中
Tsukiga Michibiku Isekai Dochu
あずみ圭
Azumi Kei
1～18
8.5
シリーズ累計
350万部
(電子含む)
の超人気作！
TVアニメ 第2期
2024年1月から
2クール
放送決定！
異世界へと召喚された平凡な高校生、深澄真。彼は女神に「顔が不細工」と罵られ、問答無用で最果ての荒野に飛ばされてしまう。人の温もりを求めて彷徨う真だが、仲間になった美女達は、元竜と元蜘蛛!?　とことん不運、されどチートな真の異世界珍道中が始まった！
薄幸系男子の成り上がりファンタジー、開幕！
なんでだろう 親の都合で異世界へ。
読者賞受賞作！
持望の書籍化！
とことん不運、されどチート!!
2期までに
原作シリーズもチェック！

お家大好き王子が全国民を救います!!!

大国アストリアの第二王子ニート。自称【穀潰士】で引きこもりな彼は、無自覚ながらも魔術の天才! 自作魔術でお家生活を快適にして楽しんでいたが、父王の命令で国立魔術学院へ入学することに。個性的な友人に恵まれ、案外悪くない学院生活を満喫しつつも、唯一気になるのは、自分以外の人間が弱すぎることだった。やがて、ニートを無自覚に育てた元凶である第一王子アレクが、大事件を起こす。国の未来がかかった騒乱の中、ニートの運命が変わり始める——!

●定価:1320円(10%税込)　ISBN 978-4-434-32484-0　●illustration:ぺんぐぅ

チート薬学で成り上がり！

著 めこ

伯爵家から放逐されたけど　優しい　子爵家の養子になりました！

神スキルで人生逆転！

頼られまくりの万能薬師！

サラリーマンの高橋渉は、女神によって、異世界の伯爵家次男・アレクに転生させられる。さらに、あらゆる薬を作ることができる、〈全知全能薬学〉というスキルまで授けられた！　だが、伯爵家の人々は病弱なアレクを家族ぐるみでいじめていた。スキルの力で自分の体を治療したアレクは、そんな伯爵家から放逐されたことを前向きにとらえ、自由に生きることにする。その後、縁あって優しい子爵夫妻に拾われた彼は、新しい家族のために薬を作ったり、様々な魔法の訓練に励んだりと、新たな人生を存分に謳歌する!?　アレクの成り上がりストーリーが今始まる——！

◎定価：1320円（10%税込）　◎ISBN：978-4-434-32812-1　◎illustration：汐張神奈

著 ありぽん

第3回
次世代ファンタジーカップ
特別賞
受賞作!!

転生したら2歳児でした!?
フェンリルの赤ちゃん（元子犬）と一緒に、
ドラゴンの里で大はしゃぎ!!

中学生の望月奏は、一緒に事故にあった子犬とともに、神様の力で異世界に転生する。子犬は無事に神獣フェンリルの赤ちゃんへ生まれ変わったものの、カナデは神様の手違いにより、2歳児になってしまった。おまけに、到着したのは鬱蒼とした森の中。元子犬にフィルと名前をつけたカナデが、これからどうしようか思案していたところ、魔物に襲われてしまい大ピンチ！　と思いきや、ドラゴンの子供が助けに入ってくれて――

●定価：1320円（10%税込）　ISBN 978-4-434-32813-8　●illustration：.suke

もふもふ転生!

～猫獣人に転生したら、最強種のお友達に愛でられすぎて困ってます～

daifukukin
著 大福金

猫に転生した僕、異世界で好き勝手に

ニャン生を謳歌します!

アルファポリス
第3回
次世代ファンタジーカップ
「優秀賞」
受賞作!

大和(やまと)ひいろは病で命を落とし異世界に転生。森の中で目を覚ますと、なんと見た目が猫の獣人になっていた!?
自分自身がもふもふになってしまう予想外の展開に戸惑いつつも、ヒイロは猫としての新たなニャン生を楽しむことに。美味しい料理ともふもふな触り心地で、ヒイロは森に棲んでいた最強種のドラゴンやフェンリルを次々と魅了。可愛いけど強い魔物や種族が仲間になっていく。たまにやりすぎちゃうこともあるけれど、過保護で頼もしいお友達とともに、ヒイロの異世界での冒険が始まる!

◉定価：1320円（10%税込）　◉ISBN 978-4-434-32648-6

◉Illustration：パルプピロシ

◉定価：1320円（10%税込）　◉ISBN 978-4-434-32650-9

illustration:呱々唄七つ

この作品に対する皆様のご意見・ご感想をお待ちしております。

おハガキ・お手紙は以下の宛先にお送りください。

【宛先】

〒150-6008 東京都渋谷区恵比寿 4-20-3 恵比寿ｶﾞｰﾃﾞﾝﾌﾟﾚｲｽﾀﾜｰ 8F
（株）アルファポリス　書籍感想係

メールフォームでのご意見・ご感想は右のＱＲコードから、
あるいは以下のワードで検索をかけてください。

ご感想はこちらから

本書はWebサイト「アルファポリス」（https://www.alphapolis.co.jp/）に投稿されたものを、改題、改稿、加筆のうえ、書籍化したものです。

異種族（いしゅぞく）キャンプで全力（ぜんりょく）スローライフを執行（しっこう）する……予定（よてい）！

タジリユウ

2023年10月31日初版発行

編集－若山大朗・今井太一・宮田可南子
編集長－太田鉄平
発行者－梶本雄介
発行所－株式会社アルファポリス
〒150-6008 東京都渋谷区恵比寿4-20-3 恵比寿ｶﾞｰﾃﾞﾝﾌﾟﾚｲｽﾀﾜｰ8F
TEL 03-6277-1601（営業）　03-6277-1602（編集）
URL https://www.alphapolis.co.jp/
発売元－株式会社星雲社（共同出版社・流通責任出版社）
〒112-0005 東京都文京区水道1-3-30
TEL 03-3868-3275
装丁・本文イラスト－宇田川みぅ
装丁デザイン－AFTERGLOW
印刷－中央精版印刷株式会社

価格はカバーに表示されてあります。

落丁乱丁の場合はアルファポリスまでご連絡ください。

送料は小社負担でお取り替えします。


ISBN978-4-434-32814-5 C0093